GAEA

GAEA

Gaea

Gaea

打邊爐

何故——著
Hsinyi Fu——插畫

打邊爐——目錄

引言　打邊爐，是一種生活態度……5
鍋物　濃厚湯底篇
第一鍋　幸福的花膠雞湯……13
第二鍋　獅子山下的一鍋春水……59
第三鍋　麻辣俠侶大戰三百回合……91
鍋物　清淡湯底篇
第四鍋　那年夏天，回憶中的味道……125
第五鍋　舊四大天王煮酒論英雄……159
第六鍋　愛在煙霧瀰漫時……185
副食　打邊爐特色食材……225
副食　附錄……233
後記……243

引言

打邊爐，是一種生活態度！

眾所周知，本人堪稱「火鍋男」，幾乎可謂無火鍋不歡。然而，多年來本人吃遍了人江南北、古今中外的火鍋，最愛的還是「打邊爐」！

打邊爐，實際上是「打甂爐」。這是一道色香味俱全的漢族佳餚，屬於粵菜系，又稱爲廣式或港式火鍋，是廣東人的飲食藝術之一。烹煮方法非常簡單，先準備好一鍋滾水或湯底，然後按個人喜好，將各種切好的蔬菜、肉類、海鮮、現成或加工的肉丸和餃子等食物，放在鍋裡煮熟，進食時搭配不同醬料。

「打邊爐」一詞，早在元朝《南海口號六首》已出現：「炎方物色異東吳，桂蠹椰漿代酪奴。十月煖寒開小閣，張燈團坐打邊爐。」打邊爐的「打」，就是指「涮」的動作。按照《說文新附》的解釋，「打，擊也」，代表了「撞擊、敲擊」。在南朝宋齊時，「打」代表的動作範圍愈來愈廣泛，已包含了一切擊打或類似擊打的動作。「甂」，在古漢語中是指一種闊口而扁矮的陶器，與「爐」同爲廚具。至於爲什麼由「甂爐」變成「邊爐」？根據《廣州語本字》解釋，人們守在爐邊，一邊涮，一邊食，故此名爲「打邊爐」。

匯聚東西、兼收並蓄的茶餐廳文化，有說乃是香港的文化特色，本人卻認爲香港精神之精髓，在於香港所獨有的打邊爐文化！

「茶餐廳」和「打邊爐」，同樣靈活多變、不拘一格，而且創意無限，簡單十個字的總結：「食品多元化，口味本地化」，既能滿足消費者的不同口味，也見證了香港人用膳習慣的轉變！然而，我們光顧茶餐廳，即使選擇再多，主要爲求果腹，很多時候純粹自得其樂，只是每日營營役役的片刻點綴；相反，打邊爐卻是香港人努力追尋的幸福！辛勞過後，跟親友圍爐共聚，一邊分享美食，一邊閒話家常，不亦樂乎。

「火鍋」這種飲食方式，並非香港所獨有，但香港人熱愛打邊爐的程度，就像曾經非常流行的卡拉ＯＫ，慶祝生日去唱Ｋ，發洩不滿也會唱Ｋ，到卡拉ＯＫ吃自助餐，甚至到卡拉ＯＫ看足球直播……即使卡拉ＯＫ的熱潮已過，香港人對打邊爐仍然不離不棄，在冬天固然喜愛圍爐同歡，在夏天也會定期火鍋約會，除了與眾同樂，近年更流行一人火鍋，甚至以火鍋爲午餐或宵夜，遲起床的朋友隨時可以像周星馳在《97家有囍事》裡以打邊爐爲早餐，果真是一年三百六十五日，一日二十四小時，無時無刻都可以在香港享受到打邊爐的樂趣。

在香港，打邊爐不只是「全天候」，湯底與食材更是包羅萬有，可謂冠絕全球。平民化的有「零熱氣」[1]的皮蛋芫茜[2]湯底，庶民的浪漫有花膠雞湯，豪華的享受就有「羊支金露」，「羊支」是紐西蘭羊架，有八條骨，俗稱八枝骨，配食用「金」箔和黑松「露」油，伴以龍蔓骨湯，以「魚」和「羊」拼出一個「鮮」字。精心配搭的有「玫瑰花雕醉雞蟹粉醬油鍋」，以蟹粉代替蘸醬，吃出不一樣的鮮味；還有「火鳳乾坤鍋」，以新鮮松茸、乾松茸、鮮雞和金華火腿中的小腿部分，俗稱肘子或火膧，在鍋裡熬出足以震撼舌尖上味蕾的湯底。豐儉由人，各適其適，各自各精彩，沒有你吃不到，只有你想不到，果然是「獅子山精神，沒有不可能」！

作爲一個火鍋男，本人對於打邊爐有三大要求：湯底、食材、爐火。

湯底一則不可影響食材的味道，二則不可有害健康。很多朋友都說吃火鍋會很「燥」、很熱氣，但只需選用合適湯底，就可以享受到足以媲美母親愛心靚湯的效果。另外，也不可忽視像豬骨或醉雞一類的湯底，除了油膩，湯料在長時間加熱下還會釋放出大量脂肪，實在不宜多吃，至於以人參或當歸爲主打的藥材湯底，雖具有補身功效，仍不可疏忽當中的高膽固醇，同樣要適可而止。

打邊爐，一字記之曰：鮮！吃火鍋最理想的次序，應該是「先菜後肉」——先灼蔬菜，然後是海鮮，最後才輪到肉類。近年流行的「減肥火鍋」，正是以新鮮蔬菜爲

---

1 熱氣：即台灣的「上火」。

2 芫茜：關於本書中特殊的火鍋食材，在書末附錄的「打邊爐特殊食材」中將一一記載說明。

主打，要知道蔬菜既可以爲我們吸油，大量纖維又可讓我們飽肚，足見吃火鍋不一定會造成太大的體重負擔，即使一日三餐皆火鍋也不過分吧！

打邊爐，最重要的或許正是「爐」。炭爐火鍋一直是本人最愛，相信不少因爲《無間道》而追蹤至土瓜灣「鴻福」[3]的朋友也有同感，無火的電磁爐雖然較爲安全，但以炭火來讓鍋中物沸騰起來更令人興奮！本人更嘗試以日本的備長炭來生火，也許純粹是心理作用，那一晚的手打牛丸火鍋竟然特別美味……

打邊爐，可算是香港人的生活態度！打邊爐文化，除了見證香港人的創意和包容，也代表香港是一個瞬息萬變、舉足輕重的國際大都會！若說從打邊爐中領略人生道理，也許會太誇張，但往往一餐打邊爐已足以改寫人生，甚至是中國歷史，正如伊尹獻給湯王的一度「鵠羹」。

傳說伊尹生於伊水莘地，是由有莘氏部落的一個女人在桑樹林撿到的棄嬰，被身爲廚師的養母撫養成人，宰相的「宰」，正是「辛」字上加一頂官帽而成。伊尹既是當代名廚，更身兼湯王的宰相，他就曾揹著玉製的鼎，抱著砧板，燒了一道名爲「鵠羹」的菜餚獻給湯王，以「割烹」來建議湯王「討伐夏桀、拯救人民」，結果推翻暴政，建立商朝。

周公旦曾讚譽「伊尹格於皇天」，足以作爲上天的代言人，他和湯王打了一次邊爐，竟然可以改朝換代，足見打邊爐果眞充滿了無限可能性！

《打邊爐》作爲代表香港的飲食文學，以一家位於旺角鬧市、充滿上世紀七十年代香港特色的懷舊火鍋店爲背景，六個以「打邊爐」爲主題的故事，主要環繞六款不同風味的火鍋湯底——豬骨煲、花膠雞湯、麻辣火鍋、皮蛋芫茜鍋、冬瓜盅火鍋、一品至尊鵝煲。在五光十色之間，六段光怪陸離的人倫關係，交織出愛情、友情、親情、數碼世代的網絡激情，以及對這個城市的複雜感情。在冷靜與熱情之間，呈現出香港人的眾生相，重新演繹劃時代的「獅子山精神」。

來吧！一起踏上非一般的香港美食之旅！一起來品嚐既有溫度，又有深度，更有態度的美食饗宴吧！

3 鴻福：全名「鴻福海鮮四季火鍋」，是香港罕見以炭爐打邊爐的店家，也是香港電影《無間道2》中的著名場景之一。

〈鍋物〉

濃厚湯底篇

第一鍋

幸福的花膠雞湯

一

沒吃飽只有一個煩惱，吃飽了就有無數煩惱。

這是她們「花膠雞三姊妹」的格言。

「唉……我買哪款手機好呢？」短碎髮知性眼鏡娘阿花唉聲。

「唉……我去哪裡旅行好呢？」一身便服束起馬尾的阿鳳嘆氣。

「唉……我整容整哪處好呢？」濃妝艷抹、打扮性感的阿膠一臉無奈。

阿花、阿膠和阿鳳，合稱「花膠雞三姊妹」。她們三人情同姊妹，由小學開始已經是同學，也是從小就患上了「選擇困難症」。

就像儀式一般，她們先喝了半碗花膠雞湯，然後各自咬了一片花膠，再吮了一隻雞腳，接著挾起銅鍋中的美食，阿花選擇了雞胸，阿鳳選擇了雞翼尖，阿膠則選了特別留給她的雞髀，進食前，沒忘記撕走雞皮。

對付「選擇困難症」的最有效方法，並非不去選擇，而是只選擇熟悉的選項。這個方法，正是從老闆身上學到的。

她們跟老闆有緣。嚴格來說，這家火鍋店的客人，都跟身分神祕撲朔迷離的老闆有緣……

她們第一次來到這家火鍋店，算是偶然中的偶然。那個悶熱得令人幾乎窒息的黃昏，她們本來約好陪阿花購買新手機，但阿膠突然收到男朋友發給她的訊息——向她提出分手的殘酷訊息！理由竟然是嫌她「化妝太濃太醜、眼太小、鼻太扁、兩邊臉不對稱、牙齒也不整齊，笑起來很難看」，「令我在兄弟面前丟臉」云云，三位好閨蜜立即化悲憤爲食慾！

那麼，她們爲什麼會選擇這家火鍋店？非常簡單，她們是被放在鬧市街角的宣傳品所吸引！正確地說，是被亮麗相片中令人垂涎三尺的原隻靚雞花膠鍋所吸引！

如果說，人與人之間的緣分非常微妙，那麼，人與食物之間的緣分又更是玄妙。

正因這張相片，她們立即不問究竟，一鼓作氣地穿越了半個旺角，闖入這家陌生的火鍋店，只可惜，已滿座了。

正當她們準備要失望而歸時，剛巧有一枱三位預訂了的客人臨時失約，經理Lily安排她們坐在落地玻璃旁邊，讓她們居高臨下，俯視旺角街頭上的滾滾紅塵。

「原隻靚雞花膠鍋！」她們異口同聲地對年輕帥氣侍應落單[1]。

第一次主動選擇後，她們對望一笑，以茶代酒舉杯慶祝。

精緻古雅的銅鍋很快就送到她們面前，阿花立即以手機拍照留念。她很喜歡拍照，特別是拍食物照片，但她總抱怨手機解像度不夠，總希望換更精良的手機款式，然而，每次有新款手機面世，她都猶豫不決，於是現在仍在使用兩年前的舊款式……

當阿花在同一角度爲銅鍋拍攝第十二張照片時，老闆提著一個懷舊的保暖壺，來到她們身邊，親切友善地問道：

「妳們是Simon的朋友？」

阿花、阿膠和阿鳳都有點愕然，但剛巧阿花關注了一個名叫「Simon」的著名旅遊和美食博客[2]，她托了托眼鏡，遲疑地點了點頭。

「好！三位初次光顧本店，讓我來爲大家講解一下，本店獨特的打邊爐方法。」

老闆指指放滿生蒜、熟蒜、蔥粒和辣椒絲的調味架，再指向旁邊的一壺豉油。

「在我們這裡打邊爐，醬油並不是主角！」

她們感到莫名其妙時，老闆開始娓娓道來：

「剛煮熟的食物，怎可以馬上放入嘴裡？打邊爐的醬油，除了用來調味，更重要

1 落單：即台灣的「點菜」。

2 博客：即台灣的「部落格」，也包含撰寫部落格的作者。

的是用來冷卻食物。」

這時候，沸騰的銅鍋冒出裊裊白煙，老闆架勢十足地拿起銅鍋蓋子，戴眼鏡的阿花別過臉避開煙霧。隨著煙霧飄散，在濃郁芳香的雞湯中的原隻鮮雞，立即暴露在她們目光下，阿花立即拿起手機拍照。

「如果放太多醬油，只會吃到醬油的味道，吃不出湯底和食物的鮮味。本店的重點，在於一個『鮮』字！我建議妳們『以湯代醬』——用半碗雞湯來代替醬油，然後按口味加入生蒜、熟蒜、蔥粒和辣椒絲，亦可以加少量醬油來『吊味』，將食物的味道提升起來。」

老闆一邊像跟朋友聊天似地說著，一邊爲阿花、阿膠和阿鳳盛湯，每碗湯都有一片花膠和一隻雞腳。

「來！先喝一碗『幸福的花膠雞湯』！本店祕製的雞湯，每日以慢火熬煮三小時以上，足料夠味！」

她們好奇地試了口雞湯，立即感受到味蕾上的衝擊，就連沒精打采的阿膠，也精神爲之一振。

「這個原隻靚雞花膠鍋，眞正的主角，分別是『花膠』、『靚雞』和『雞湯』。花膠滋潤又養顏，湯裡的花膠份量充足，妳們每人最少能分到四至六大片！」

花膠，乃是阿膠的至愛，不只富含蛋白質、磷質及鈣質等營養，其中所含的高黏性膠體蛋白和黏多醣物質還有養顏活血的功效，對女性皮膚幫助頗大。而且花膠不含膽固醇，可長期食用，是非常有益的養生食材。阿膠近期就購買了大量花膠面膜，打算每次跟男朋友約會都以最佳的狀態出現，誰料……

「喝完雞湯，吃完花膠，妳們可以吮雞腳。爲了滿足各位顧客的需要，我們一隻雞有八隻腳……」

「一隻雞有八隻腳，我接受不到[3]囉！」阿膠突然驚呼一聲。

「對不起，我講解得不夠清楚！一隻雞當然只有兩隻腳，但這個火鍋材料豐富，特別多加了一碟雞腳，供客人盡情享用！」

這時候，剛才的年輕師氣侍應——阿東——爲老闆奉上剪刀。

「妳還需要拍照嗎？」老闆親切地問阿花，正在吮雞腳的阿花搖了搖頭。「好！僚雞儀式開始！」

老闆拿起金鉸剪，一邊熟練地將原隻鮮雞剪開，一邊體貼地詢問：

「誰要吃雞翼尖？誰要吃雞髀？」

「雞翼尖，謝謝……」阿鳳罕有主動回應。

3 接受不到：即台灣的「難以接受」。

「好！雞翼尖給妳，至於雞髀就給妳吧！」

老闆先將雞翼尖放在阿鳳碗內，然後爲她添了點湯，再爲阿膠奉上雞髀與花膠。最後，阿花就選擇了兩位閨蜜沒有選的雞胸。

阿膠撕走雞髀上的雞皮時，老闆已收起剪刀，開始解開保暖壺的謎團。

「這個保暖壺內，都是濃郁雞湯，本店眞的是加湯，不是加水，加了清水就會令湯底變稀，繼續用靚湯來打邊爐，才會吃出好味道，而且愈吃愈有滋味！」

阿花忍不住拿起手機爲保暖壺拍照，上傳到部落格「洋紫荊公主的幸福日記」時，配了一句「完美的男人應該像一個保暖壺：外冷內熱」。雖然相片有點朦朧，卻比她多角度拍攝的一系列花膠雞湯相片獲得更多like，就連當時仍素未謀面的Simon也like了這張相片……

從這一夜開始，她們愛上了這鍋「幸福的花膠雞湯」，其後每星期都來光顧，阿東暗地裡稱呼她們爲「花膠雞三姊妹」。而隨著吃飽後的無數煩惱，她們各自踏上了不同的人生路……

二

沒整容只有一個煩惱，整容了就有無數煩惱！

這是阿膠遇上「砵蘭街傳奇」小龍女後的最新格言。

「唉……我買哪款手機好呢？」坐在左邊的阿花唉聲。

「唉……我去哪裡旅行好呢？」坐在右邊的阿鳳嘆氣。

「我們吃完這鍋花膠雞湯再慢慢想吧！」坐在中間的阿膠爽朗地嬌叱一聲，然後像小龍女架勢十足地拿起了銅鍋的蓋子。

「阿膠」當然不是她的真名，而是源於一場非常荒謬的誤會，就像「小龍女」既浪漫又詭異的江湖傳說——當年叱吒風雲的黑幫大佬「九龍少爺」，竟然因爲一碟乾炒牛河，蛻變成爲「砵蘭街之花」!?

阿膠原名「繆佳嘉」，從小就長得可愛漂亮，早在小學時代就像小公主，集萬千寵愛於一身。然而，她的人生轉捩點就在初中開課的第一天。

當年她的班主任不知道是老眼昏花，抑或因爲是體育老師的關係，竟然將她的姓氏「繆」錯讀成「膠」，男同學們立即因爲「膠佳嘉」這個名字而捧腹大笑，阿膠突然不知如何反應，她的猶豫不決和未即時糾正，令她瞬間由往昔高貴而美麗的小公主「繆佳嘉」，變成既滑稽又醜陋的小丑「膠佳嘉」。

阿膠已忘記了她是如何度過開課當天，在她零碎的記憶中，回家路上充滿了一片「膠膠膠～膠膠膠～膠佳嘉～」[4]的嘲笑聲，以及各式各樣的奇異眼光。多年後，母親告訴她，她當晚完全沒有食慾，只喝了半碗湯就說很累，獨自返回房間就寢，半夜發了一場噩夢，一陣又一陣的慘叫聲驚醒了父母，然後她開始發高燒，父母都慌了，立即送她到醫院求診。

主診醫生替阿膠進行了一連串檢查，也找不出她突然發病的原因，因此懷疑跟壓力有關，建議阿膠的父母讓她好好休息一下。

就在父母離開病房後，她開始偷偷啜泣，隨後更哭成淚人，彷彿將她所受到的委屈盡情釋放，直至被隔壁病床上一陣充滿磁性的沙啞女聲打斷了——

「來忘掉錯對～來懷念過去～曾共度患難日子總有樂趣～」[5]

聆聽這位陌生人低吟著的歌詞，如泣如訴之間，阿膠竟像得到了救贖似的，終於可以安睡。一覺醒來，阿膠打算向隔壁的病人道謝，但這名神祕女子芳蹤已杳……

康復後，阿膠繼續單調的學校生活，雖然她很想轉校，卻始終沒有開口。一來，這是她母親喜愛而爲她揀選的學校；二來，她也難以抉擇轉去哪間學校；三來，她認識了阿花和阿鳳兩位好朋友，跟她一起共度患難日子總有樂趣的好朋友！

阿膠未能忘掉錯對，也不想懷念過去，整個中學時代她都不快樂，每天的午飯時間，對她都是一場嚴峻的考驗，慶幸學校飯堂每天只供應三款飯盒，阿膠跟同樣患有選擇困難症的阿花和阿鳳，正好各點一款，然後一起分享，不用煩惱，皆大歡喜。

阿膠的選擇困難症，是她最吸引男人的地方，至於她眞正的問題，卻是努力壓抑性慾的成長過程。這是她第一任男朋友兼大學導師跟她分手的理由。

每次跟男朋友瘋狂地做愛後，阿膠都會感到莫名其妙的失落，經常會像嬰孩需要吃奶時般哭鬧不休，最極端的一次，她竟然咬斷了當時男友的乳頭……

阿膠很有男人緣，即使總是情深緣淺，關係難以維持長久，但這些不同編號的男朋友都很愛她，都會願意配合她的一切無理要求。然而，阿鳳總是未能感到滿足！

只因爲，她內心一直都是空的。

多年來，她內心都存在一個空洞。

4 膠膠膠：日本動畫《勇者王》主題曲的第一句音譯。

5 來忘掉對錯：出自電影《古惑仔之人在江湖》主題曲〈友情歲月〉的歌詞。

一個令她經常感到饑餓的空虛黑洞。

一切只怪那個堪稱女性公敵的佛洛伊德！

七年的中學生涯，阿膠就像修士或苦行僧一般，刻意疏遠同學，保持低調，專心學業，結果以學校有史以來最彪炳的公開試[6]成績考入了心儀大學，跟阿花和阿鳳再續前緣，並且一起入住以自由見稱的宿舍，揭開了人生的璀璨新一頁。

阿膠人生中第一次自己做的重大決定，正是個非常錯誤的決定！她獨自選修了「變態心理學」，只因爲這一科的導師非常英俊。結果，壓抑了七年的她，終於體會到戀愛的苦與樂，也邁向了人生另一個境界，她永遠記得圖書館大樓新翼的304號課室……

即使阿膠最終在「變態心理學」這科的成績是A，但對於自己，她更陌生了；對於人性，她也更迷惘了。

對於那個萬惡的佛洛伊德，她既是恨之入骨，卻又不能自拔。

當她接觸到「閹割情結」（Castration Complex）這個詭異的名詞後，竟然有一瞬間認同自己的陽具被母親偷走，自覺是一個不完整的男人，開始對其他正常的男人又愛又恨。而在講述「狼人」（der Wolfsmann）的那堂課，她情緒幾乎崩潰。

據說在狼人四歲生日前夕，他作了一個噩夢，夢見房間窗戶突然打開，窗前的大胡桃樹上竟坐著幾隻白色的狼。根據佛洛伊德的分析，這個噩夢濃縮了狼人在四歲前一連串跟性有關的不愉快經歷，包括童年早期目睹父母造愛的情景，當中所隱藏的恐懼與誘惑，引爆了他童年時期的強迫性精神官能症，雖然在十歲後痊癒了，卻仍留下不可磨滅的陰影，故此令他在十八歲患上淋病後再次爆發。

狼人堪稱佛洛伊德最重要的個案，交織了動物恐懼、焦慮、強迫症狀、憂鬱症狀、妄想症狀，以及性別認同問題，病患Sergei Pankejeff是一名年輕的俄國富二代，一九一〇年一月，狼人二十三歲時，已遍訪名醫仍未好轉的他，終於找到佛洛伊德。佛洛伊德以精神分析界的嶄新治療方法，爲他解決了一直潛藏在內心深處的問題——在伊底帕斯情結（戀母情結／Oedipus Complex）的焦慮下，他竟然渴望陽具被閹割，成爲一位真正的女性!?

在這一堂，阿膠接觸到一個很可怕的名詞：「身體畸形恐懼症」（Body Dysmorphic Disorder），狼人一直不滿意自己的鼻子，經常會利用鏡子觀察自己的鼻子，因爲他堅信自己的鼻子有缺陷，當時阿膠不自覺地摸了摸自己的鼻尖……

就在初中開課當天晚上，阿膠也作了一個噩夢，夢中的她在一片嘲笑中，變成一個「膠人」！在嘲笑聲高於一定分貝時，她的身體變成「硬膠」，當下意識做出

6 公開試：這裡指的的是香港「高考」（A Level），即高中升大學的入學考試。

反抗，鼻子就會立即變長；當她逆來順受，嘲笑聲的分貝回落，身體隨即變回「軟膠」。如此循環不息，令她苦不堪言。

阿膠非常清楚，清楚她非常後悔！後悔當日沒有盡力捍衛自己的姓氏和尊嚴！後悔不懂、不能，也不敢為自己做任何決定，後悔沒辦法掌握屬於自己的人生……

由大學一年級開始，阿膠平均每季換一個男朋友，阿花與阿鳳也習慣了以季節加編號為阿膠的男友命名。阿膠卻有苦自己知，知道自己在潛意識中渴望擺脫「繆」這個令她感到恥辱的姓氏，但也明白自己的病情比當年的狼人更嚴重，因為她完全缺乏改變自我的動力。當她被「秋男００９」突然以短訊拋棄後，更變得自暴自棄，慶幸的是，她在這家火鍋店認識了另一位常客——「小龍女」。

這一天，阿膠的自信心跌至新低點。等待阿花和阿鳳時，她翻閱著一大疊不同整形美容中心的宣傳單之際，忍不住有感而發：

「唉……妳的樣子如何，妳的日子也必如何……」

「做女人難，做漂亮的女人更難！」身後突然傳來一陣充滿磁性的誘惑女聲。

阿膠立即回頭一望，望向聲音來源，只見一名身穿性感紅色旗袍、大波浪長髮、身材浪濤洶湧的高挑女郎，那一對圓潤豐滿的胸脯，令阿膠感到驚心動魄！

她正是被譽為「砵蘭街之花」的傳奇美女——小龍女！

除了完美身段，小龍女更擁有一雙修長而亮麗的黑絲襪美腿，踏著四吋紅色高跟鞋，婀娜多姿地站在阿膠身後。阿膠抬頭望向對方那近乎完美的臉蛋，她直覺眼前這個「美人」，絕對是一件經過後天加工的人形藝術品。

「你……妳建議我應該哪處整容好呢？」

「妹妹，妳擁有一張漂亮的臉喲！」

「我的前男友就嫌我眼太小、鼻太扁、兩邊臉不對稱、牙齒也不整齊，笑起來很難看……」

「與其長得漂亮，不如沽得漂亮！」

「人生苦短，請問怎樣能夠沽得漂亮？」

「長得漂亮是優勢，沽得漂亮是本事！」

「我只擔心……我並沒有這種本事……」

「女人的本事，也是女人的本分！」

「做一個好主婦？或是做一個好母親？」

「妳只需要做一個好女人！一個不需要依賴別人，卻可以潤澤蒼生的好女人！」

「身爲一個女人，一個被閹割了的不完整的『男人』，你……妳幸福嗎？」

「幸福！我早已忘掉錯對，不需要懷念過去，明白共度患難日子的樂趣喲！」

「那麼，如果我的臉沒問題，我的胸呢？還可以嗎？」

「女人胸大，不如胸襟大！『有容乃大』，並不是『有容奶大』喲！」

阿膠笑了，小龍女也笑了，就像一對久別重逢的舊朋友，一起大笑著。

「不要羨慕我，我有我的苦楚！我是被逼走上這條不歸路的喲……」

說罷，小龍女突然吻向阿膠鼻尖！阿膠情不自禁地心跳加速，緊張得說不出話。

就在此際，一名男裝儷人悄然現身，其後阿膠知道她擁有一個非常有趣的外號——「陸小鳳」。小龍女向阿膠抛了一個媚眼，就在陸小鳳的引領下，返回她們在不遠處的那一枱，枱上擺放了傳說中的「大佬火鍋」。

「我擁有一張漂亮的臉……」阿膠一邊摸著鼻尖，一邊默唸小龍女剛才對她的讚美，彷彿再次得到了救贖。趁阿花和阿鳳仍未出現，她果斷地將整形美容中心的宣傳單撕個粉碎。

這一夜，阿膠品嚐了一生中最美味，也最幸福的花膠雞湯！

這一夜，阿膠明白了「曾共度患難日子總有樂趣」的眞正意義。

這一夜，阿膠不再是夢中在嘲笑聲裡不能自已的醜陋「膠人」，而是不需要依賴別人，卻可以潤澤蒼生的美麗小公主……

三

沒戀愛只有一個煩惱，戀愛了就有無數煩惱。

這是阿花被「成功男人背後的女人」白娘子提點後的最新格言。

「唉……我去哪裡旅行好呢？」坐在右邊的阿鳳唉聲。

「唉……我去哪裡當義工好呢？」坐在中間的阿膠嘆氣。

「唉……我去哪裡跟Simon約會好呢？」坐在右邊的阿花一臉幸福。

「妳根本不用煩惱！每次約會，Simon都安排好了！」阿鳳白了阿花一眼。

「就算妳要煩惱，也請煩惱穿什麼衣服，配什麼妝容，戴什麼眼鏡去跟Simon見面……」阿膠對阿花上下打量了一番，「但我建議妳應該改戴隱形眼鏡。」

「Simon嫌我沒有主見，他給了我一項挑戰，就是由我選擇到哪個地區約會，然後他就會爲我設計好整天的行程……」阿花一臉更幸福的表情。

人與人之間的緣分，果然非常微妙。

一直煩惱購買哪款手機的阿花，做了一個令人震驚的決定。她最終沒有買手機，反而購買了一部二手單鏡反光相機[7]。

這是Simon以一餐火鍋跟她等價交換的二手單鏡反光相機。

沒錯！這個Simon，正是在網上經常發表旅遊和美食文章的著名博客——被尊稱為「西門王子」的Simon Kung。

阿花、阿膠和阿鳳已愛上這家火鍋店的花膠雞湯，打算再來回味，由阿花負責訂位時，剛巧接電話的是老闆，她留下姓名和手機號碼後，特別要求再次坐在落地玻璃窗旁的那一枱，老闆立即記起她們，「妳們是Simon的朋友！」阿花雖然不想說謊，卻不好意思糾正老闆，只好含糊回應。

當晚，阿花剛巧準時下班，她是最早到達火鍋店的一人，但經理Lily竟然對她說：

「妳的『朋友』到了。」

阿花望向她預訂的那一枱，就看到一名有點眼熟的猛健男子。頭髮梳理得異常整齊，俊臉如一尊冰冷雕像，身穿印有「EAT PLAY LOVE」三個正楷白色英文字的黑色短袖T恤，配浮世繪圖案的繡花牛仔褲，西裝外套隨意披掛在椅背上，孤傲地坐在落地玻璃窗前，優雅地品嚐著威士忌。

阿花發呆時，Lily笑著對她說：

「『西門王子』啊！」

阿花立即尷尬地苦笑起來，不知如何反應。

就在此際，Simon已看到了阿花，他放下玻璃酒杯，筆直地站了起來，臉上沒有笑容，對阿花點頭示意後，揚手邀請她過來。

阿花腦海閃過立即逃走的念頭，但不知道從何而來的勇氣，讓她竟然選擇硬著頭皮走上前去，假裝鎮靜地來到Simon身旁。

「嗨！」

「妳好，『洋紫荊公主』，我是『西門王子』。」Simon頓了一頓，「請問妳朋友是如何稱呼妳的呢？」

「阿花……」

「阿花小姐，不用這麼緊張。請坐！」

「對不起……」

「不用介意！上次我朋友，她們只是普通的女性朋友，不是我的女朋友，她們突然失約，所以老闆搞錯了，這純粹是一場美麗的誤會。」

阿花看見Simon說話時的靦腆，忍不住偷偷一笑。

7 單鏡反光相機：即台灣的「單眼反光相機」。

Simon假咳一聲，繼續問道：

「妳需要喝點什麼嗎？」

「熱茶……就可以了……」

Simon以粗壯的手臂拿起茶壺，細心地爲阿花的茶杯盛滿熱茶。

「謝謝……」

「不用客氣。」

然後，就沒有然後了。阿花和Simon再沒有對話。

在曖昧的沉默中，阿花有點不知所措。她一直在等待Simon再次開口，但他彷彿完全沒有這個企圖，只是安靜地望向落地玻璃窗外的鬧市。阿花很想打破這片沉默，卻想不出任何話題，這令她非常苦惱。

然而，當阿花慢慢習慣了苦惱時，竟有點享受這份難得的平靜，她開始偷偷欣賞Simon的五官輪廓……

「阿花!?」

不知道什麼時候，阿鳳來了。她很驚訝，驚訝阿花身旁怎會坐了一個陌生男人！

「妳的朋友到了，我也是時候告辭了。」

「嗯唔？」

「完美的男人應該像一個保暖壺……」Simon頓了頓，自信一笑，「外冷內熱。」

「嗯唔……」

「我很喜歡這一句！」

「嗯唔。」

「很高興認識妳這位『朋友』。『幸福的火鍋』，是我特別為妳增設的主題標籤。」

「嗯唔！」

Simon伸出右手，阿花本來以為他打算跟自己握手，誰料Simon突然舉起右臂，向阿花揮手道別。

「快告訴我！到底發生了什麼事？」

Simon走後，阿鳳立即向阿花逼供，但阿花完全不懂如何回答。

「快告訴我們！到底發生了什麼事？」

戀愛經驗豐富的阿膠因為加班而遲到，當她跟阿鳳一唱一和，聯手向阿花逼供，終於問出了個究竟。

「太明顯了！那個什麼Simon在追求妳囉！」說罷，阿膠用力咬了一口花膠。

「那個什麼Simon……在追求我!?」阿花故作驚慌後，忍不住偷偷一笑。

就在阿花感到莫名其妙的幸福時，阿膠突然走近老闆向他耳語，然後，過了不久，她們的枱上就多了一船由老闆贈送的象拔蚌刺身，以及一瓶精緻的日本清酒，阿花當然第一時間拍照留念。

阿花跟阿膠和阿鳳一起慶祝後，當晚她回到家中，梳洗後再次拿起手機，就發現Simon已like了她所上傳的所有食物相片，包括有點模糊的象拔蚌刺身。

或許酒意仍未消，阿花竟然主動跟Simon私聊。

「你like我的相片，還是like我相片中的美食？」

過了一會，阿花收到Simon的回覆：

「我like妳的相片，同樣like妳的相片中的美食，因爲我like妳。」

Simon承認like我！Simon承認like我！Simon承認like我！

Simon果然like我！Simon果然like我！Simon果然like我！

Simon竟然like我！Simon竟然like我！Simon竟然like我！

Simon眞的like我！Simon眞的like我！Simon眞的like我！

阿花簡直難以置信！興奮的她忍不住拿起枕頭，出盡所有氣力地壓在臉上，然後大叫了一聲！

興奮過後，阿花完全忘記了女性應有的矜持，選擇繼續跟Simon更深入地私聊：

「你不覺得我拍攝的美食相片不漂亮嗎？」

「妳是攝影師？」

「不是。」

「妳是美食家？」

「不是。」

「如果妳拍攝的美食相片不漂亮，妳會被學校解僱嗎？」

「不會。」

「如果妳拍攝的美食相片不漂亮，那些被妳醜化了的食物會向妳報復？」

「不會。」

「那麼，妳拍攝的美食相片漂亮不漂亮，請問到底有什麼關係呢？」

「我一直在煩惱要換哪款新手機，希望拍攝的美食相片可以更漂亮……」

「如果妳更換手機的原因，是爲了拍攝美食相片，我有另一個建議。」

「什麼建議？」

「手機，是爲了人與人的溝通而創造。如果妳想拍攝漂亮的美食相片，妳需要另一樣工具！」

「什麼工具？」

「一部相機。」

相機!?

阿花竟然需要一部相機!?

阿花一直尋找適合她的手機，但原來她眞正需要的竟是一部相機!?

阿花曾經以爲，女人一生，只爲尋覓一部可以跟自己同甘共苦的手機，將自己的歡笑和淚水一一記錄下來，然後在網上分享，跟自己認識或不認識的，熟悉的陌生人，或是陌生的熟人，用「like」或留言來肯定彼此的存在。

原來，她一直搞錯了！

難怪，她一直找不到合適的手機！

女人一生，只爲尋覓一個可以爲她搞定所有電器和機械的男人！

阿花樂意爲這個男人在第一次正式約會獻上初吻，也不介意在第二次約會就讓彼此的關係更進一步……

因爲她所擁有的，並非只是這個「外冷內熱」的「完美男人」的一部舊相機，而是他對自己的眞愛，對自己的承諾，以及對自己的眞愛和承諾所交織而成的——

幸福！

幸福，可以是一條黃手絹。

幸福，也可以是一座摩天輪。

幸福，更可以是一鍋花膠雞湯。

幸福的阿花，跟Simon熱戀如火鍋後，平均每星期光顧這家火鍋店兩次。

一次是跟阿膠和阿鳳，另一次當然就是跟Simon，以及他各式各樣的「滾友」，包括那個總是自稱「內向、憂鬱而文靜的作家」的打邊爐專家。

每次來到這家火鍋店，阿花總有新驚喜！花膠雞三姊妹共聚時，她們當然必選花膠雞湯。某一夜，那位作家的新書出版後，跟讀者和聽眾一起慶祝時，突然興之所至，爲阿花、阿膠和阿鳳，特別弄了一鍋在餐牌[8]上沒有的菜式——「何故泡飯」，雞湯、白飯和炸米的夢幻組合，色香味和聲音俱全，不只令花膠雞湯昇華，更讓她們體驗到不一樣的打邊爐新浪漫！

然而，當阿花跟Simon一起時，即使那位打邊爐專家沒有駐場，也會嘗試不同風格和類型的火鍋組合，她印象最深刻的包括：屬於夏天的火鍋「官燕松茸海皇冬瓜三層塔」；據說可以降火養顏、固本培元的粥底火鍋；傳說中別號「鳳凰投胎」的藥膳火鍋「胡椒豬肚包雞」；由「花雕醉雞鍋」蛻變而成的「玫瑰花雕雞煲蟹粉醬油鍋」；以「三吊水」[9]的正宗方法進食潮汕牛肉火鍋，從瘦到肥，順序品嚐牛舌、嫩牛肉、五花趾、匙柄、匙仁、脖仁、吊龍、肥胼、胸口撈等不同部位。

不同的火鍋，不同的驚喜。不同程度的驚，配合不同程度的喜，直接影響到當晚

8 餐牌：即台灣的「菜單」。

9 三吊水：是一種吃潮汕牛肉火鍋的方法，指的是將肉在沸騰的鍋裡快速地涮三下，每一下有不同作用（一吊血水，二吊酸性，三吊纖維）。

阿花跟Simon的激情指數……

這一夜，一百分滿分的激情指數雖然不足六十分，卻是阿花的人生轉捩點，而這全是因爲「白娘子」的一番話。

白娘子是年輕侍應阿東暗地裡對這位長髮美女的稱呼，她也是這家火鍋店的常客，據說是這家火鍋店的業主——一個坐擁近百個住宅和商舖，既肥胖又醜陋的中年男人「豬八戒」——的同居女友，賢良淑德，持家有道，即使坐擁巨富，卻是淡掃蛾眉，經常身穿素白長裙，沒有庸俗的名牌奢侈品，只吃清水素菜火鍋……

那一夜，阿花小鳥依人似地陪伴著Simon，跟他的滾友一起聚會，嘗試這家火鍋店的時令新火鍋，在洗手間門外邂逅了白娘子。

白娘子對阿花嫣然一笑，指了一指Simon，悄悄地問阿花：

「初戀？」

阿花幸福地點了點頭。

白娘子淡然一笑，幽幽地問阿花：

「開始了多久？」

「一個月左右……」

「蜜月期快要過去了！」

白娘子收起笑容，語重心長地對阿花說：

「一個月，只是幸運，一輩子，才是幸福！」

被白娘子當頭棒喝後，阿花立即向阿膠和阿鳳求助。

「沒戀愛只有一個煩惱，戀愛了就有無數煩惱……」阿花有感而發。

「Dr. Mark Goulston是一位著名心理學家，也是一名暢銷作家，他的著作主要探討人際關係和兩性相處。根據他的研究，以下十個習慣，乃是情侶維持良好感情的祕訣，特別是在充滿驚喜的蜜月期後，進入了彼此再沒有新鮮感的怠懶期……」

阿花緊張地打斷了阿膠：

「究竟是哪十個習慣？」

看見多年好友如此歇斯底里，阿膠摸一摸鼻尖，隨即娓娓道來：

「一、情侶同時上床睡覺。」

「我們還不是同居關係……」

「二、擁有相同的興趣。」

「我們都喜歡打邊爐，算是擁有相同的興趣？」

「三、跟另一半在一起時，必定手牽手。」

「我喜歡抱著Simon的粗壯臂彎……」

「四、相信和原諒另一半。」

「我一直相信Simon的英明決定，Simon則原諒我的沒有主見……」

「五、讚美多於責怪。」

「Simon經常向我提出一些很奇怪的問題，昨天他就問我：『妳吃這麼多火鍋，竟然不會長青春痘？』我不知道這些究竟是讚美，還是責怪。二十多歲了，怎會長青春痘呢？」

「六、下班後見到另一半，立即上前抱住他吧！」

「有一次我主動抱住Simon，他起初有點抗拒，但其後他突然對我激吻……他果然是一個保暖壺！」

「七、每天早上都對另一半說：『我愛你』、『祝你今天順利』……」

「這麼肉麻？Simon不喜歡的……」

「八、每晚都要跟另一半說：『晚安』。」

「Simon總是在晚上工作，他的格言是『日出前，讓工作終結』。」

「九、每天都要問候對方。」

「每當Simon分享了任何相片或近況，我第一時間就會按like……」

「十、對另一半感到驕傲。」

「我對Simon感到非常驕傲，驕傲得開始擔心配不上他……」

「等等，妳跟以前的男朋友一起時，也有這十個習慣嗎？」阿鳳突然認真地問。

「當然！」阿膠更認真地回答。「由我第一任男朋友開始，在分手前，我都是他們的『最佳女朋友』！」

阿花立即望向阿鳳，彼此苦笑不語，心照不宣。

結果，阿花忙於煩惱一輩子的幸福，因此忘了Simon給她的挑戰……

「過了差不多　星期，妳仍然未想好去哪裡約會？」

「對不起，我……其實有選擇困難症……」

「原來如此，我知道了！」

「對不起，我是　個糟糕又差勁的女朋友……」

「怎會呢？說『對不起』的應該是我！我不應該嘗試改變妳，妳以後一切都聽我的！由我來爲妳做決定吧！」

看著Simon堅定的眼神、眞摯的語氣，阿花感動得流下了幸福的眼淚……

阿花曾在網上看過，男人有九句話最令女人感動，每句都是三個字的：「我愛妳」、「我想妳」、「我陪妳」、「我養妳」、「有我在」、「相信我」、「隨便吃」、「隨便花」和「嫁給我」，但在她眼中，完全比不上Simon的一句「聽我的」！

西門王子與洋紫荊公主，從此快快樂樂地（在無數煩惱中）生活下去……

四

沒出發只有一個煩惱，出發了就有無數煩惱。

這是阿鳳受到Einstein啟發後的最新格言。

「唉……小龍姊的牛日化妝派對上，我應該穿男裝，還是女裝好呢？」坐在中間的阿膠摸了摸鼻尖。

「唉……陪Simon出席他表姊的婚宴時，我應該戴花俏一點的有框眼鏡，還是戴隱形眼鏡好呢？」坐在左邊的阿花托了托眼鏡。

「唉……一年之內，我如何遊遍整個日本呢？我應該由南往北？抑或由北往南好呢？」坐在右邊的阿鳳搖了搖腦後的馬尾。

煩惱多時，阿鳳終於決定去日本旅行了。

從十六歲開始，阿鳳手上就有一份名單，名單上寫滿了她希望去旅行的地方。

阿鳳的理想職業，並不是在旅行社為客人訂購機票和酒店，而是當一個旅行家，只可惜事與願違。

某程度上，她們三人的關係如此密切，除了因爲同樣患有選擇困難症，以及她們最愛的花膠雞湯，更重要的原因，四個字：同病相憐。

阿花的夢想是當一名大學教授，現在卻只是大學教授的其中一位助手，負責處理既繁瑣又無聊的學生事務；阿膠雖然一直嚮往宣傳推廣的工作，但事實上她是在一個位於舊區的中小型商場擔任宣傳主任，這令她經常感慨大材小用……

阿花與阿膠的平凡人生，先後隨著Simon與小龍女的出現而被改寫，阿鳳卻是繼續「爲他人做嫁衣裳」，每次爲客人安排了機票和酒店，就幻想自己已踏上多姿多彩的旅途，暫時拋開一切煩惱，體驗不一樣的人生，享受旅行的樂趣。

每當遇上航空公司的特價機票優惠，阿鳳都會爲之心動，但她之所以遲遲未能出發，除了難以抉擇前往哪個國家，更重要的是放不下多年來相依爲命的母親大人，直至她遇上Einstein……

不知道從什麼時候開始，阿鳳多了一名很神祕的網友——Einstein。

阿鳳對Einstein完全沒有印象，只知道每當她分享了花膠雞湯的相片，Einstein就會立即出現，風雨不改，如影隨形，阿鳳曾經懷疑這個Einstein是什麼變態跟蹤狂，只因Einstein的第一次留言，竟然像相識多年的朋友，向她提出了三個很奇怪的問題：

「妳，今天過得快樂嗎？」

「快樂！剛剛喝了幸福的花膠雞湯，當然快樂！」

「妳，現在有什麼煩惱嗎？」

「沒吃飽只有一個煩惱，吃飽了就有無數煩惱。」

「是戀愛的煩惱嗎？」

「戀愛，不是煩惱的根源，乃是學問的開始。」

「戀愛是學問的開始」（Love is the beginning of knowledge），正是愛因斯坦的名言之一。每當阿鳳回應這一句給Einstein後，這名神祕的網友就會消失無蹤。

某夜在好奇心的驅使下，她查看了Einstein的部落格，發現其分享的相片和影片多不勝數，卻有兩個共通點，除了日本不同城市的著名建築物和風景，就是以那位著名富家千金cosplayer「瑞穗」爲主的cosplay相片。

阿鳳對「瑞穗」沒興趣，卻對Einstein的風景相片情有獨鍾。然而，在阿花必須做出決定前的一週，她名單上的頭三位依序是韓國、蘇格蘭和冰島。日本，三甲不入。

阿鳳爲何會首選韓國？記得某次她們吃火鍋時，阿膠突然提出一個玩笑的問題：

「港女最希望在旅行時發生意外的國家，妳們知道是哪一個嗎？」

「大吉利是[10]！誰會希望在旅行時發生意外呢？」阿鳳不禁皺眉。

10 大吉利是：在香港，遇到不順利、不吉祥的事時，常會說這句話以求擋掉災厄。

「我知道！我知道！答案是——」阿花搶著回答，卻被阿膠打岔。

「答案是韓國，因爲可以順便整容囉！呵呵呵呵……」

在阿膠充滿工作和戀愛壓力的傻笑聲中，阿鳳無言以對。然而，從這一夜開始，她逐漸對這個國家增添好感。

阿鳳一向是路痴，她特別購買了韓國首爾的地圖，張貼在睡房內，有時間就會仔細研究。阿鳳的英文不夠水準，公開考試只是剛好合格，所以她開始一邊觀看韓劇，一邊自學韓文，以備不時之需。阿鳳不愛吃辣，卻循序漸進地嘗試接受泡菜的味道，以便在韓國可以正常進食。

只可惜，阿鳳的一切努力，完全被Einstein否定了！

某一夜，阿鳳分享了一篇有關啤酒配炸雞的資訊文章後，Einstein卻一反常態地突然出現，質問阿鳳：

「妳眞的喜歡韓國嗎？」

阿鳳感受到他語氣中的指責，不知如何回答，也不想回答。Einstein竟繼續追問：

「妳眞的希望到韓國旅行嗎？」

阿鳳覺得很詭異，Einstein怎會知道她打算到韓國旅行？

「妳明白『旅行的意義』是什麼嗎？」

旅行的意義？對阿鳳而言，就是逃離這個生於斯長於斯的城市，逃離這個跟母親大人一起努力存活的城市，逃離這個已愈來愈陌生且逐漸變得可怕的城市……

阿鳳不敢也不需要將真相告訴Einstein，但Einstein彷彿完全掌握她內心的祕密，突然向她提出了一個心理測驗：

「假設妳乘坐時光機，重返五歲的時候，父母帶妳去公園玩吹泡泡，妳會吹出以下哪一類的泡泡？」

「Ａ、飛得又高又遠，長時間也不爆破的泡泡。」

「Ｂ、一口氣吹出幾十個細小泡泡。」

「Ｃ、專心吹出一個巨型泡泡。」

「Ｄ、泡泡吹出後，被微風吹到背後。」

「你知道我患有選擇困難症的。」

「不要用腦做選擇，要用心做選擇！」

阿鳳突然憶起五歲時候的一幕，父親大人仍未離世前的快樂一幕……

「可以同時選擇Ａ和Ｄ嗎？」

「可以！這是屬於妳的人生，當然可以！」

就在阿鳳感到莫名其妙之際，手機屏幕突然一黑，數秒後回復正常，就收到Einstein發給她的一個網址——「在香港日本國總領事館」的官方網址！

阿鳳猶疑地點擊了這個網址，竟然看見「赴日工作假期簽證申請指南」……

【赴日工作假期簽證申請指南】

工作假期計畫是爲了對符合第二項條件之在香港居住的青少年，提供認識日本文化及日常生活方式的機會，在最長一年的期間內，在日本進行度假活動與及爲補旅費不足而認可從事工作活動的計畫。

……

2. 發出簽證基準：

① 申請工作假期簽證時，居住於香港特別行政區的常住居民「Ordinarily Resident」。
② 於入境日本後，在不超過一年之期間內，以度假爲主要目的而逗留日本。
③ 申請工作假期簽證時之年齡須介乎十八歲以上，三十歲以下。
④ 無被扶養者同行。（不包括若該家屬持有工作假期簽證或其他有效簽證。）
⑤ 須持有有效香港特別行政區護照或英國國民（海外）（BNO：British National Overseas）護照。
⑥ 須持有返回香港之回程機票或足以購買回程機票的款項。
⑦ 須持有足夠維持在日本逗留初期之生活所需費用。
⑧ 在工作假期逗留期間完結時，須要離開日本。
⑨ 過去未曾取得日本之工作假期簽證。
⑩ 身體健康、有良好紀錄及沒有犯罪紀錄。
⑪ 必須已購買足夠的保險。

「請留意第三點。」

「十八歲以上，三十歲以下？」已年近三十的阿鳳，立即感到一股無形壓力。

「你建議我申請赴日工作假期簽證？」

「因爲妳選擇了A＋D。」

「我窮得只剩下三粒星，整副身家最値錢的，就是那一張香港永久性居民身分證，我哪有足夠金錢去日本旅行一年？我還要照顧母親大人啊！」

吐槽之間，阿鳳突然收到Einstein所提供的一個眾籌網站，Einstein竟然以阿鳳的名義，開設了一個命名爲「尋找幸福之旅」的項目：

親愛的，離開是爲了回來。今天我，在此向大家道別！

原諒我這一生不羈放縱愛自由，爲了無悔今生，爲了尋找幸福，我打算出門遠行，花一年時間在日本，經歷不一樣的人生！

我開始眾籌了！目標是要籌集路費三萬六千元，我每月給母親大人三千元作爲家用，這是一年家用的數目。我已申請工作假期簽證，以我多年來的積蓄，加上我一向知慳識儉[11]，在日本的生活費不是問題。

哪位網友可憐我？一元兩塊不嫌少！一萬兩萬不嫌多！作爲投資回報，我會爲各位善長在日本的不同神社祈福，並且定期提供視頻，讓大家身臨其境。你還在猶疑什麼？請多多關愛我吧！

阿鳳完全難以置信！Einstein究竟是何方神聖？竟然比阿花的男朋友Simon更強勢？竟然已無聲無息地爲阿鳳準備了一切？

阿鳳現在只須按下鍵盤，就可以邁向夢寐以求的旅程，但她突然害怕起來，害怕得立即拋掉手機，上床就寢……

對付「選擇困難症」最有效的方法，並非不去選擇，而是只選擇熟悉的選項。阿鳳習慣了爲自己籌劃行程，卻沒勇氣踏上旅途，因爲她不能離開自己熟悉的「安全地帶」，這足夠令她的「選擇困難症」升級至危險程度。

這一夜，阿鳳作了一個很奇怪的夢，夢中竟然有兩個她：一個繼續留在香港營營役役，另一個則踏上了「尋找幸福之旅」，穿梭於Einstein所拍攝的風景名勝，最後在一輪皎潔的圓月下，跟瑞穗在古老大屋的花園中央共舞……

一覺醒來，阿鳳內心既興奮莫名，卻又忐忑不安。

結果，她選擇了一個明知道必定後悔的選擇。

「Einstein，我不想去旅行了！」

「逃避了這麼多年，妳快樂嗎？」

「這是我的人生！我快樂與否，跟你有什麼關係？」

「這已經不再是妳和我的關係，而是一百個『妳』和『我』的關係！」

阿鳳再次感到難以置信！Einstein竟然已爲她啓動了「尋找幸福之旅」！一夜之間，竟然已籌集了超過四萬元！阿鳳的支持者接近一百名，除了她多年來的客戶，還有阿花、阿膠、老闆、白娘子，以及Simon和他的一班「滾友」……

「妳的快樂，不再是妳一個人的快樂，而是所有支持妳追求夢想的親友的快樂！」

最令阿鳳感動又驚訝的是，Einstein竟已爲她準備好辭職信!?保險方面，老闆爲她介紹了俊朗的保險經紀白逸，白逸替她量身訂造了最合適的保險計畫……

等待工作假期簽證同時，阿鳳在阿花和阿膠的協助下，以品嚐花膠雞湯爲藉口，相約母親大人到火鍋店，希望在愉快的氣氛下對她坦白。她們已做好了最壞的打算，怎料到峰迴路轉——

「乖女，妳那個『尋找幸福之旅』，我也是支持者之一。」

說罷，阿鳳的母親哭了，阿鳳也哭了，阿花和阿膠亦一起哭了……

出發前夕，餞行之夜，阿鳳回家後，上傳了花膠雞鍋相片的一刻，Einstein如常再

11 知慳識儉：在粵語中有勤儉節約、精打細算之意。

次出現，向她提出了那些既熟悉又親切的問題：

「妳，今天過得快樂嗎？」

「快樂！今晚跟兩位最好的朋友餞行，喝了幸福的花膠雞湯，當然快樂！」

「妳，現在有什麼煩惱嗎？」

「沒出發只有一個煩惱，出發了就有無數煩惱。」

「妳，有信心克服這些煩惱嗎？」

「沒有！一點信心也沒有！」

「妳，到了日本後，有需要的話，可以隨時聯絡瑞穗。」

「不用了！這是屬於我的人生！我必須依靠自己的能力去面對！」

「保重。」

「感謝。」

這是阿鳳最後一次跟Einstein的對話。

一直被困在籠內的阿鳳，終於鳳凰展翅，展開奇幻之旅，向著夢想飛翔……

沒吃飽只有一個煩惱，吃飽了就有無數煩惱。

這已經不再是她們「花膠雞三姊妹」的格言。
你呢？你的幸福格言呢？
你打算如何選擇屬於自己的人生呢？

〈第一鍋：幸福的花膠雞湯〉完

阿鳳的心理測驗：你對實現夢想的信心與決心

假設你乘坐時光機，重返五歲的時候，父母帶你去公園玩吹泡泡，你會吹出以下哪一類的泡泡？

Ａ、飛得又高又遠，長時間也不爆破的泡泡。

Ｂ、一口氣吹出幾十個細小泡泡。

Ｃ、專心吹出一個巨型泡泡。

Ｄ、泡泡吹出後，被微風吹到背後。

分析

閃閃發亮的泡泡，代表了你的夢想和希望。你會吹出以下哪一類的泡泡，反映了你對實現夢想的信心和決心。

Ａ

你腦海經常湧現不同的願望，可惜你缺乏自信，未曾努力已放棄，結果一事無成！你應該給自己多一點信心，誰可保證夢想一定不能實現呢？

B

你既實際又聰明，將會盡全部力量達成夢想。你重視享受，最大的夢想就是改善生活質素。若自己的能力不足，你會努力裝備自己，或是尋找別人的幫助。

C

你從小已定下人生目標，雖然未必一定可以實現，但在追求夢想的過程中，已給予你無限歡樂。然而，你對於夢想過分緊張，反而令你錯過了不少機會。你應該學習變通，嘗試放鬆心情，人生一定會變得多姿多彩。

D

泡泡被微風吹向後飛，完全違反了現實世界的定律。你不敢追求夢想，或許因爲一段童年陰影，或是內心深處的某些創傷，以致對未來不抱有太大期望。

鍋物介紹

花膠雞湯：分階段享受的港式火鍋

近年流行的花膠雞湯，已成爲港式火鍋湯底的代表。

花膠，即魚肚，由魚腹中取出的魚鰾所製煉而成，外觀看起來是大塊白色膠狀物體，與鮑魚、海參、魚翅齊名，合稱爲「鮑參翅肚」，是最珍貴的四大海味之一。花膠含有豐富的膠原蛋白、骨膠原，還有少量礦物質和鐵質，具有很高的營養價值，可以強壯機能、潤膚養顏、滋陰補腎、健脾養血、固本培元。身體虛弱者、產後婦女，以及大病初癒或手術後的患者，都很適合吃這種鍋。

金黃色充滿光澤的花膠雞湯，溫潤滋補，鮮味濃郁，口感絕佳。然而，最正宗的食法，也是最高的享受，肯定是故事裡的「原隻靚雞花膠鍋」！原隻靚雞配金黃雞湯，拍照既漂亮又有氣勢，而且，由訓練有素的店員爲客人即場將原隻靚雞剪開，就像吃北京烤鴨，充滿了儀式感。

以花膠雞湯打邊爐，是分階段的味覺享受。第一個階段，喝雞湯；第二個階段，吃花膠：第三個階段，吃雞，按你的口味，選擇吃雞肉、雞翼或雞髀；第四個階段，吃菜，以雞湯來煮菜，切記選擇味道不是太重的蔬菜，例如生菜或豆苗，這樣更能夠凸顯出雞湯的鮮味；第五個階段，吃海鮮，個人首選花蝦和海蝦，加入海鮮後，雞湯的味道會變得更豐富、更有層次感，這時候可以再來一碗靚湯；第六個階段，吃肉，但不建議紅肉，因爲會破壞雞湯的鮮味，所以首選豚肉或魚肉；第七階段，泡飯，以濃厚的海鮮雞湯，先煮白飯，最後將炸米放入鍋裡，色香味聲音俱全，超越了單純的味覺享受。

以花膠雞湯打邊爐，醬油並不是主角！建議「以湯代醬」——用半碗雞湯來代替醬油，然後按口味加入生蒜、熟蒜、蔥粒和辣椒絲，亦可以加少量醬油來吊味，提升食物的味道。更重要的是，必須加湯，而不是加水，加了清水只會令湯底變稀，繼續用上湯來打邊爐，才可以分階段吃出好味道，而且愈吃愈有滋味！這正是「原隻靚雞花膠鍋」的眞諦。

第二鍋

獅子山下的一鍋春水

「好！你們告訴我？什麼是『獅子山精神』？」

「獅子山精神，英文名是『Spirit of Lion Rock』，網路上的解釋是：『泛指香港人刻苦耐勞、同舟共濟、不屈不撓的拚搏精神。』」

「獅子山精神，源自七十年代的電視劇《獅子山下》和同名主題曲[1]。這部劇集反映了當時香港人就算生活艱苦，但只要同舟共濟，種種困難都能迎刃而解；再加上個人的努力，讓自己與家人的生活得以改善，香港也從此經濟起飛，成爲『亞洲四小龍』之一。」

「其實，獅子山精神已不存在了！如今香港雖生活富裕，但政治受到打壓，經濟又被大型財團壟斷，草根階層即使再努力也難以脱貧，別説致富，連置業都不可能！」

「即使如此，我們相信每代香港人，都有屬於自己的獅子山精神。」

「廢青[2]啊廢青！你們這群愚蠢的廢青，難怪你們一事無成！」豬八戒舉起肥厚的手掌，張開粗而短小的五指，「獅子山精神，只有五個字！」

1 《獅子山下》同名主題曲：由顧嘉煇作曲，黃霑作詞，羅文主唱。

2 廢青：香港人將不務正業而一事無成的青年稱爲「廢青」。

「獅子山精神，打不死精神！」

「錯！」

「獅子山精神，沒有不可能！」

「超錯！」

「獅子山精神，明知會輸，我們都一定要贏！」

「我幹！五個字啊！One! Two! Three! Four! Five!」豬八戒一邊說，一邊由姆指開始收起五根手指，「Five words, please!」

「獅子山精神，一個打十個！」[3]

「大錯特錯！」

豬八戒手背向外豎起食指和中指，然後指尖朝下，像一雙腳在走路，對著旁邊一枱初次見面的四名年輕人冷笑一聲，不屑地說：

「獅子山精神，賺夠錢走人！」

「來吧！來讓我告訴你們一件悲慘的眞人眞事吧！」

每次豬八戒喝醉後，就會向火鍋店內初次見面的客人，分享北京某個「孫婆婆」

的故事。

「豬八戒」當然不是他的真實姓名，正如他的女人也不叫「白娘子」，這是這家火鍋店的年輕侍應阿東爲他倆改的花名。

白娘子肌膚雪白，身材高挑纖瘦，卻擁有豐滿上圍，一頭如瀑布的烏黑及腰長髮，正是她的標記。白娘子每次出現，總淡掃蛾眉，身穿素白長裙，沒任何誇張的名貴飾物和手袋，只偶爾搭配不同披肩，跟一身土豪打扮的豬八戒，完全是兩個極端。

豬八戒既是這家火鍋店的熟客，更是數一數二的大豪客，愈昂貴的食物，他愈有興趣。他每次都會自備名酒，首選日本威士忌，次選ＶＳＯＰ。至於火鍋的前菜，他喜歡先來一條新鮮的象拔蚌刺身，如果新鮮海蝦夠大隻和肥美，他就會先品嚐泰式刺身，然後將蝦頭和蝦尾以椒鹽處理或油炸，用來伴冰凍[4]啤酒。

湯底方面，豬八戒最愛豬骨煲。這家火鍋店的豬骨煲材料豐富，並且按照傳統祕方，先將新鮮肥膩的豬骨清掉血水，然後和豬內臟一起熬湯，並配以紅棗、杞子、粟米、紅蘿蔔、枝竹、竹筍、豆卜、黃豆與雞腳等材料，重點是得加入以小火烘過的白

3　一個打十個：由電影《葉問》經典台詞「我要打十個」改編而成。

4　冰凍：在香港，會以「凍」來稱呼冰飲，如：凍鴛鴦（即冰的鴛鴦奶茶）。

胡椒；大火煲滾後，轉小火煲兩小時，便會煮成奶白色的湯底，最後以粗鹽調味。豬八戒最喜歡吃骨髓，總是用手拿起豬骨，不用吸管，只用嘴巴，對準豬筒骨吸食，食相雖然不太雅觀，卻是津津有味，樂在其中。

除了豬骨煲，如果火鍋店推出什麼時令新鍋，豬八戒都會勇於嘗試，就像去年秋季那個創新的「玫瑰花雕雞煲蟹粉醬油鍋」，先在乾鍋中放入鮮雞、水蟹和玫瑰露，然後點火，令食材散發出陣陣酒香，再倒入花雕酒和上湯，熬製成玫瑰花雕醉雞鍋。豬八戒對此已讚不絕口，但他更欣賞另外奉上的半斤大閘蟹粉蘸醬，這份量足夠五至六人食用，可他一個人吃鮮雞、水蟹和手切肥牛時已用光，所以白娘子特別爲他多點了一份蟹粉蘸醬，用來伴炸魚皮、炸響鈴、餃子和丸子拼盤，最後再來上一碗由白娘子親自爲他淋上新鮮雞蛋汁的蟹粉烏冬。

豬八戒吃得放肆而奢華，白娘子口味卻很清淡，脫俗出塵的她一直只吃清水鍋。在經常口沫橫飛，聲大如雷的豬八戒旁邊，白娘子總是安靜地以清水涮蔬菜和菇菌。她不只吃素，更不蘸半點醬汁，如果她不是經常爲豬八戒擋酒，大家都會以爲她已經「食長齋」，或是帶髮修行。

白娘子自費購買了一個精緻的小銅鍋，老闆每次都會爲她準備蒸餾清水，這一鍋比東江水清純千倍、萬倍的清水，他本來打算不收取她任何費用，但白娘子堅持付清湯的價錢，老闆卻之不恭。白娘子更自備了兩套從日本訂購回來的木筷子，白色的一套自用來涮素菜，黑色的一套就為豬八戒涮肉類，並且餵給他吃。

狼吞了一片白娘子為他剛好涮熟的黑豚肉，豬八戒一邊虎嚥，一邊繪影繪聲地講述「孫婆婆」的故事。

「孫婆婆由一九九四年開始炒股票，她當年只投入了兩萬元，現在市值已高達六十多萬元。」滿臉通紅的豬八戒，笑得有點猥瑣。「經歷了兩輪牛市和熊市，孫婆婆學到的寶貴經驗是：『投資不能有一夜暴富的心態，必須理性投資。』孫婆婆表示，她的文化水平不高，炒股票主要是跟著政策走，她強調：『新聞聯播是必須看的。』」豬八戒高聲問花膠雞三姊妹：「這個故事給我們什麼教訓？」

「炒股主要是跟著政策走？」阿鳳掃一掃馬尾。

「股壇大師的建議必須聽？」阿花托一托眼鏡。

「錯！」

「超錯！」

「投資不能有一夜暴富的變態心理，必須理性投資？」阿膠摸一摸鼻尖。

「大錯特錯！」豬八戒笑得更猥瑣，左手豎起食指和中指，右手則豎起了姆指和尾指。「一九九四年，孫婆婆的兩萬元，足夠買整套房子，現在孫婆婆的六十多萬，連一個客廳也買不到啊！妳們說孫婆婆多麼悲慘！多麼可憐！」

花膠雞三姊妹一邊喝著幸福的花膠雞湯，一邊思考這個悲慘的故事。

「浮雲！一切夢想都只是浮雲！投資房地產才是眞理！」豬八戒望向身旁那一枱正在討論夢想的「旺角系新青年」。

「誰不想買樓？沒錢怎樣買？每月儲三千元也不夠啊！」日間是ＯＬ、夜間是卡拉ＯＫ伴唱的琪琪（夢想：在日本置業安居）秀眉緊鎖。

「一個字……借！」豬八戒右手收起兩指，只豎起左手食指。

「借？問銀行借？」人稱「秋葉原雙煞」之一的影音產品售貨員小Ken（夢想：前往日本向「壽司之神」學習）啼笑皆非。

「錯！」

「問父母借？」因爲業主瘋狂加租而煩惱的沖曬[5]店「fOCUS」揸fit人[6]柯藍（夢想：跟Eddie分手後，再結識一個比她年輕的男朋友）無精打采。

「超錯！」

「問政府借？」人稱「秋葉原雙煞」之二的影音產品售貨員德仔（夢想：遊戲人間）嗤之以鼻。

「大錯特錯！」

「難道是……問朋友借？」出身於書香世家的優異學生阿香／清純玉女模特兒「Asuka」（夢想：進軍荷里活[7]）靈光一閃。

「全中！」豬八戒對阿香／Asuka豎起姆指讚好，「我曾經以爲：『獅子山精神，買樓不求人！』，但我錯了！」

「我的朋友都是窮光蛋，他們有多少錢可以借給我？」德仔苦笑。

「與其問朋友借錢，倒不如嫁個有錢人更簡單直接！」琪琪偷笑。

「與其嫁個二世祖，倒不如當他有錢老爸的小情人！」柯藍失笑。

「你說得對！妳說得很對！妳說得非常對！『獅子山精神，嫁個有錢人！』很多香港人都有這種想法，但他們都錯了！」

豬八戒再豎起左手中指，形成「V」字的手勢，重新吸引大家的注意。

「兩個字：眾籌！」

「眾籌？我有玩『眾籌』啊！」另一枱坐滿興趣班的同學，當中被喻爲「吉祥物」的G小姐興奮地大聲說：「我已在網上公開呼籲，如果有三百個朋友，而他們又願意一起送生日禮物給我，每人只需六十元，我就可以跟我天生一對的『愛人』永遠在一起了，LV呀LV！I love you very much!」G小姐開始旁若無人，自我陶醉。

5 沖曬：即台灣的「相片沖印」。

6 揸fit人：即「掌事人」、「負責人」。

7 荷里活：台譯好萊塢（Hollywood），是美國加州洛杉磯的地名。

「暫時有多少『朋友』同情妳？可憐妳？」豬八戒一臉不屑。

「暫時只有王Sir一個表態支持，尚欠二百九十九人，嘩哈哈哈～」G小姐苦澀地大笑幾聲，突然哭喪著臉，跪求同枱的其他同學，「你們送給我啦！送給我啦！我真的很愛這個絕版LV手袋呀！」

興趣班的二師姊Alvina果斷地拿起折凳，猛力將情緒失控的G小姐打暈，然後施施然地拖走了她。

「眾籌買樓？幾個朋友一起合股買樓？行得通嗎？」興趣班的大師兄Freddy對G小姐側目，立即轉換話題。

「一個買客廳？一個買睡房？一個買廁所？一個買廚房？」興趣班的小師妹，永遠十八歲的Candy打趣地問。

「問朋友借錢，已經很麻煩，跟朋友合夥做生意，更加麻煩啊！」興趣班的三師兄Vincent認真地說。

「好！你們告訴我？什麼是『眾籌』？」

大家開始靜下來，等待豬八戒發表更驚憾的偉論。

「天冷了，你想吃火鍋，卻又不想出門，怎麼辦？」

「火鍋到會？」女經理Lily指了指牆上的「火鍋盤菜」宣傳海報。

「差不多了！」豬八戒對Lily豎起右手姆指讚好。「你只需邀請五個朋友，到你家中一起吃飯。」

「致電第一個朋友，對他說，」豬八戒收起右手姆指，以食指指向正在涮有機蔬菜的興趣班的四師妹Jesscia。「『順路買點菜，我們只差蔬菜。』」

「致電第二個朋友，對他說，」白娘子將一片剛剛涮好的手切肥牛餵給豬八戒，他邊吃邊說：「『順路買點肉，我們只差肉。』」

「致電第三個朋友，對他說，」豬八戒指了指剛才跟他對話，現在正吃著爆漿瀨尿牛丸的「龍騎呢」。「『順路買點凍豆腐和各種丸子，就差這些配菜了。』」小Ken一不小心，用力過猛咬破了牛丸，牛丸裡的漿汁激射，射向柯藍臉上，德仔和琪琪忍不住對望偷笑，Asuka立即拿出紙巾為她的「姊姊」柯藍抹掉污漬。

「致電第四個朋友，對他說：『只差酒。』」豬八戒指了指售賣啤酒的妙齡女郎，她以為有生意，白娘子卻對她微笑搖頭。

「致電第五個朋友，對他說：『只差火鍋湯底和醬料。』」豬八戒指了指正為花膠雞三姊妹添雞湯的小鮮肉俊男侍應阿東。「這邊也順便加點湯！」

「然後，你就可以掛斷電話，輕輕鬆鬆的燒一鍋水，等待你的朋友。」

其他食客開始議論紛紛，老闆卻在一旁笑而不語。

「你說的是『房產眾籌』吧！」另一枱正在討論電視劇《大時代》劇情的俊男美女，其中身穿NBA塞爾特人T恤配短褲和球鞋的Dickson，一派專家口吻地回應：

「這種結合房地產及互聯網金融的嶄新銷售模式，置業者或眾籌投資者可通過認購投資份額成爲眾籌人，再透過競拍購得特價單位，所有眾籌人都可分享房價的溢價收益，一般年化收益率不低於40%。」

「40%？太低了！」

「還有更高的回報？」戴粗框眼鏡的啡髮美女Pan Dora半信半疑。

「一分耕耘，一分收穫，這根本不是投資，完全是蝕本生意！眞正的投資，是以倍數計的龐大回報！」

「低買高賣？人棄我取？」戴頭巾的豪爽黑髮美女Bunny謹愼地反問。

「不用那麼複雜！一個字：借！」

「只可惜，中國人還未習慣共享經濟！」抱著一隻可愛小白兔的短髮美女Barbara深深嘆息。

「錯！大錯特錯！借，乃是中國人千百年來的必殺絕招！」

「借力打力？四兩撥千斤？」Bunny邊說邊擺出太極拳的起手式。

「還是指《世紀之戰》的股票必勝法[8]：借運、借勢和借蟲？」Barbara喝了一大口冰冷的黑啤酒，然後輕撫了小白兔背上的軟毛。

「太複雜了！大家只需要記住一個字：借！但不是只向一個人借，而是同時向很多人一起借！」

「這就是眾籌的道理……」Pan Dora恍然大悟。

「『借』再加上『眾籌』，歷史上的箇中高手，就是諸葛亮了！」

「草船借箭！諸葛亮竟是向敵人眾籌，一來一回，多賺了一倍！」Dickson突然唸起《大時代》經典台詞。「戰雲密布，三江之中，風浪不息，鐵索連舟，如履平地……」

「諸葛亮的真正代表作，三個字：借東風！」

「欲破曹公，宜用火攻，萬事俱備，只欠東風……」Barbara接力唸出《大時代》另一段經典台詞。「竟然向上天借，簡直是前無古人，後無來者！」

「諸葛亮這兩大成功案例，也比不上劉備的借荊州！」

「劉備借荊州，一借無回頭！」Bunny邊說邊配合手勢。「余於股壇數十載，未嘗見一真正贏者，智者應知此乃一處永無贏家之戰。取勝唯一法：『及早離去』四字而已。」

「有借有還上等人，借而不還是偉人！成功男人的首要條件，四個字，除了『及

8 股票必勝法：源自商戰電視劇《大時代》，以及其延續篇《世紀之戰》。「勢」代表股市的趨勢；「運」代表個人的運氣；「蟲」則代表千禧蟲和時機。後面對話中也引用了許多《大時代》的經典台詞與橋段。

早離去』，還有『不負責任』！」

「喂！你要負責任呀！」Ｇ小姐突然清醒過來，聲嘶力竭地問。「你還未告訴我們如何眾籌買樓呀！」

「世界上最優秀的投資者，首先是一個優秀的心理學家，其次才是金融專家。」說罷，豬八戒莫測高深地笑著。

聽到「心理學家」這四個字，阿膠不禁動容。

「在剛才那個吃火鍋的例子中，如果你欠缺了一樣很重要的東西，絕對不可能眾籌成功！」

「鍋？」阿膠率先回答。

「錯！」

「爐？」黑色套裝短裙美女接力回答。

「超錯！」

「朋友！」Alvina想掩著Ｇ小姐的嘴已來不及，她誇張地大叫一聲。

「大錯特錯！你需要一套房子！呵呵呵呵呵——」

豬八戒開懷大笑，拿起酒樽，將威士忌倒進聞香杯內。

「諸葛亮借箭，也需要草船。當你擁有了第一套房子，你就可以買第二、三、四、五套房子，然後租給你的『朋友』，『借』他們的錢去供樓，令香港繼續安定繁榮穩定！」

豬八戒故弄玄虛，講了半晚的竟然全屬廢話，坐滿西裝男女的一枱對他嗤之以鼻，興趣班同學會的會員開始不滿，G小姐更鼓譟起來。

「年輕人，去少幾次旅行啦！看少幾場電影啦！否則，你們就要投多幾次胎！呵呵呵呵呵——」

面對眾情洶湧，豬八戒卻是樂在其中，準備暢懷痛飲時，白娘子卻突然一手將酒杯搶過來，優雅地站起來，向眾人施禮敬酒。

「對不起，我的男人喝多了，請各位多多包涵！」

白娘子恭敬地一飲而盡……

每次豬八戒酒後失言，都需要白娘子爲他打圓場。

嚴格來說，每當豬八戒面對困難，都是由白娘子來爲他解決的。

「當年我賣了老頭子留給我的公屋[9]，補完地價，賺了二十多萬，我就靠這筆錢起家，炒啊炒！炒啊炒！最高峰時期，坐擁接近一百個住宅加商舖，雖然在金融海嘯時輸了大半，但我女人天生一副旺夫相，由她當家之後，我的身家就翻了兩翻、三翻、四翻，甚至五翻！俗語有云：『男人是搖錢樹，女人是聚寶盆。』我的金句卻是：『獅子山精神，成功靠女人！』」

老闆對於他的滿口歪理，以及喝醉後喜歡說教的壞習慣，總是一笑置之。一來，他是火鍋店的熟客；二來，他是火鍋店的業主；三來，他多年來每次提升租金只是根據通脹而調整，絕對是難得的好業主。當然，老闆清楚自己更應該感謝白娘子。

起初，豬八戒只是在Lily和阿東等火鍋店員工前面吹噓他的大智慧——

「中國人，不愛孔子，也不愛老子，只愛房子！」

「中國人的一切問題，都是四個字：土地問題！」

後來，他逐漸倚老賣老，對其他陌生食客，特別是年輕人，也會大放厥詞——

「如果你三十歲前仍然未能上車[10]，你應該上吊！」

「買樓買得早，人生勝利組！買樓買得遲，全家都羞恥！」

到最後，他彷彿變成了時事節目的主持人，往往語不驚人死不休——

「中國人，都不是龍的傳人，而是龜的傳人！不求飛龍在天叱吒風雲，只求做一隻安居樂業的有殼烏龜！」

「『今日你看我不起，他日你高攀不起！』這兩句話不是馬雲說的，而是被你放棄了的上車盤說的！」

久而久之，部分食客封他爲「地獄爛Gag王」[11]，他卻以「金句王」自居，苦了白娘子不斷爲他收拾殘局……

「來吧！來讓我告訴你們一件悲慘的眞人眞事吧！」

今晚豬八戒又喝醉了，再一次打算分享「孫婆婆」的故事。

「素貞跟了你這頭大肥豬，一朵鮮花插在牛糞上，這就是人間世最慘絕人寰，最悲慘的眞人眞事了！」

他們遇上了一名中學時代的老同學，初中的男班長黃慶青，也是當年白娘子的追求者之一。他在九七前移民到美國，在大型建築公司內當工程師，其後自立門戶，風

9 公屋：即「公共房屋」，類似台灣的國宅。

10 上車：指首次置業。後面的「上車盤」，則泛指特別爲首次置業人士所設的房子（單位）。

11 地獄爛Gag王：由兩組香港網路用語「爛Gag」和「地獄黑仔王」組合而成，前者指失敗的爛笑話或冷笑話，後者則代表運氣糟糕到會連累旁人的人；兩組詞合起來有類似「非一般的爛笑話王者」之意。

光一時，可惜遇上了次按危機[12]……

豬八戒乾了杯中的威士忌，突然跳到椅子上，振臂高呼：

「各位朋友，當年公開考試有一科成績是A級的，請舉手！」

黃慶青第一個舉手，當時他正是會考狀元，曾經是成功的典範，如今卻陷入了人生低潮。跟黃慶青同枱的幾名中年男人，都是他現時任職的工程公司的上司和同事，他們也逐一舉手，結果，火鍋店內約三分之二的食客都欣然舉手。

「好！現在沒有任何私人物業的，請放下手。」

黃慶青望了望白娘子，思想鬥爭了一會，終於黯然將手放下。成也樓市，敗也樓市。因爲一場次按風暴，不少英雄被逼上末路。結果，繼續高舉的手臂寥寥可數。

「好！在座其他擁有私人物業的朋友，無論你當年考試成績如何爛，都跟我一起舉手吧！」

剎那間，多了十多人舉手，包括豬八戒，他突然激動起來。

「來吧！給自己一點掌聲吧！因爲我們都是人生的贏家！」

即使豬八戒如此興奮，卻只換來零星掌聲，還夾雜了陣陣噓聲。

「計算一個人的成就，二十歲前看考試，二十歲後看投資！」

豬八戒以人生大贏家的身分，傲慢地掃視一班沒有任何物業的失敗者，目光最後落在黃慶青身上，挑釁地對他激烈鼓掌。

黃慶青悲憤莫名，準備拂袖而去時，白娘子拿起了豬八戒的酒杯，優雅地站起來向他微笑敬酒。

「班長，對不起，他喝多了，請你多多包涵！」白娘子深情地一飲而盡。

「一場老同學，這一餐　千幾百，由我請客！」豬八戒刻意火上加油。「隨便食！不要客氣！」

白娘子立即向豬八戒報以責備的眼神，他卻自鳴得意，隨手擲了兩張一千元紙幣到黃慶青的頭上，然後呵呵大笑。

「老闆，今晚我包場！」

獨坐在火鍋店一角，正以清水涮新鮮牛肉，外號「李嘉誠」的隱形富豪，突然站了起身，大義凜然且語氣鏗鏘，打斷了豬八戒的低俗笑聲。

「今天我，李嘉誠，慶祝正式退休，我們一起慶祝！大家隨便食！不要客氣！」最後兩句，他刻意模仿豬八戒的語氣。

死寂的火鍋店內，隨即全場起鬨，豬八戒醉意正濃正要發難時，老闆立即上前充

---

12 次按危機：爲「次級房屋借貸危機」（Subprime Mortgage Crisis）的簡稱，是因美國房地產和貸款問題所引爆的全球性金融危機。

當和事佬，阻止他進一步的任性和衝動。

紛擾之際，白娘子悄悄來到收銀處，如常以現金結帳，零錢就由經理Lily代爲捐助廣東山區的留守兒童。

「那兩千元，請以黃慶青的名義，捐助有需要的孩子。」

說罷，她回身向豬八戒嫣然一笑，也向黃慶青輕輕揮手道別，然後踏著盈盈細步，到店外默默等待……

相比那夜的爛攤子，今夜豬八戒遇上一生中的滑鐵盧！

「香港的四大支柱，正是香港的核心價值：自由、民主、人權、法治！」少年F說。

「我幹！香港的四大支柱，是金融業、旅遊業、貿易及物流業、工商業支援及專業服務業，這四大支柱行業，多年來都是香港經濟增長的主要原動力！」

「經濟增長就代表生活更幸福嗎？爲了經濟增長，整個城市付上了沉重代價，人口密集、交通擠塞、環境污染、資源消耗、官商勾結、貧富懸殊，難道你對這些問題都視若無睹？」少年D說。

「我幹！大搞福利主義，亂派免費午餐，香港能夠承擔得起嗎？我幹！香港太平盛世，繁榮昌盛，就是被你們這群貪得無厭，不思進取，眼高手低，只想不勞而獲，只懂埋怨別人的廢青攪亂了！」

「生於亂世，有種責任！爲了一個公義的社會，我們年輕一代註定要走在最前，響應時代的呼召，一起來守護香港！」少年H說。

「我幹！你跟我講公義？香港曾幾何時有過公義？英國人有給過我們公義？美國人滿口公義，求其作個藉口就可以出兵伊拉克，美國白人警察打死黑人，一樣可以無罪釋放！我幹！有錢就有公義！」

「香港由一個小漁村，變成國際大都會，在於英治時代留給我們的自由、民主、人權、法治！」少年N說。

「我幹！香港由一個曬鹹魚養豬種菜的小漁村，變成國際金融大都會，只有兩個字：行運！」

「不！香港成功的基石，在於香港的核心價值：『獅子山精神』！」四名少年異口同聲地說。

豬八戒的廢話連篇，終於激怒了不平則鳴的新一代，被阿東稱爲「火鍋四俠」的四名神祕美少年。

「好！你們告訴我？什麼是『獅子山精神』？」

「獅子山精神，英文名是『Spirit of Lion Rock』，網路上的解釋是：『泛指香港人刻苦耐勞、同舟共濟、不屈不撓的拚搏精神。』」少年F說。

「獅子山精神，源自七十年代的電視劇《獅子山下》和同名主題曲。這部劇集反映了當時香港人就算生活艱苦，但只要同舟共濟，種種困難都能迎刃而解；再加上個人的努力，讓自己與家人的生活得以改善，香港也從此經濟起飛，成爲『亞洲四小龍』之一。」

「其實，獅子山精神已不存在了！如今香港雖生活富裕，但政治受到打壓，經濟又被大型財團壟斷，草根階層即使再努力也難以脫貧，別說致富，連置業都不可能！」

「即使如此，我們相信每代香港人，都有屬於自己的獅子山精神。」少年N說。

「廢青啊廢青！你們這群愚蠢的廢青，難怪你們一事無成！」豬八戒舉起肥厚的手掌，張開粗而短小的五指，「獅子山精神，只有五個字！」

「獅子山精神，打不死精神！」少年F說。

「錯！」

「獅子山精神，沒有不可能！」少年D說。

「超錯！」

「獅子山精神，明知會輸，我們都一定要贏！」少年N說。

「我幹！五個字啊！One! Two! Three! Four! Five!」豬八戒一邊說，一邊由姆指開始收起五根手指，「Five words, please!」

「獅子山精神，一個打十個！」少年H說。

「大錯特錯！」

豬八戒手背向外豎起食指和中指，然後指尖朝下，像一雙腳在走路，對著旁邊一枱初次見面的四名年輕人冷笑一聲，不屑地說：

「獅子山精神，賺夠錢走人！」

「這絕對不是獅子山精神！」少年N說。

「我幹！殖民地時代的香港，只是『借來的時間，借來的地方』，大家『借』夠了就立即走人！有得走，你真的不走？」

「回歸後，香港人當家作主，我城已由『借來的時間，借來的地方』變成『我們的時間，我們的地方』！」少年H說。

「我們？誰是『我們』？」

「『我們』就是每一個香港人！」少年D說。

「我幹！香港是屬於你們的嗎？你們爲香港做過什麼啊？」

「嘭！」豬八戒突然動怒，大力將酒杯摔在地上，嚇得白娘子花容失色，不知如何反應，豬八戒開始複述剛剛從網上看到的一段「金石良言」：

「諸葛亮從來不問劉備，爲什麼我們的箭那麼少？」

「關羽從來不問劉備，爲什麼我們的士兵那麼少？」

「張飛從來不問劉備，兵臨城下我該怎麼辦？」

「於是有了，諸葛亮草船借箭、關羽過五關斬六將、張飛據水斷橋嚇退曹兵，所以他們都是開國功臣，是大將軍！」

「趙子龍接到進攻軍令時手上只有二十個兵，收獲成果時他已攻下了十座城池、多了兩萬個兵、增了三千匹馬，軍令只是寫著四個字：『攻下城池』！」

「如若萬事俱備，你的價值何在？」

「不懂想辦法，只會找藉口，是不會成功的！」

少年F立即反駁豬八戒的歪理：

「孔明不問箭這麼少，所以六出祁山皆無功而還。」

「關羽不問兵那麼少，所以先失荊州再敗走麥城。」

「張飛不問兵臨城下，所以部下叛變被割首而亡。」

「韓信點兵多多益善，所以爲劉邦打下大漢江山。」

「不懂歷史，只會人云亦云，是不會成功的！」

豬八戒當場無言以對。白娘子想打圓場卻無從入手。

「大叔，你不要笑死人了！『草船借箭』和『過五關斬六將』都只是《三國演義》虛構出來的劇情！你有沒有打過或聽過《三國無雙》？你倒不如說是關銀屏[13]和星彩聯手拯救了蜀國。」少年N說。

「而且，趙雲在劉備集團中，極其量只是警衛長，從未收過什麼攻下城池的軍令！」少年H說。

「根據《三國志．蜀書．張飛傳》，『先生聞曹公卒至，棄妻子走，使飛將二十騎拒後。』劉備果然是拋妻棄子、部下送死的好老闆，我眞的要送一首《等埋皇叔》[14]給張飛！」少年D說。

「補充一句，在眞實的歷史中，怒打督郵的並不是喝醉了的張飛，而是以『寬厚仁德』見稱的劉備啊！」少年F說。

豬八戒被氣得七孔生煙，緊握著拳頭，說不出半句話來。

13 關銀屏：和後面提及的「星彩」同爲電玩遊戲《三國無雙》系列中的虛構人物，按照民間傳說，都設定爲關羽的女兒。

14 等埋皇叔：又作「等埋發叔」，是香港網路用語，後被改編成惡搞歌曲。源於議會時有議員以要「等埋（等待）身體不適的劉皇發（發叔）」爲由，影響議會表決，故有找藉口、推卸責任之意。

「我要眞歷史！」少年D大叫一聲。

「我要眞歷史！」少年F、少年H和少年N立即回應。

「我幹！」

豬八戒老羞成怒，竟然揮拳怒打少年D，白娘子驚嚇得大叫一聲。

「嘩！」

少年D看似弱不禁風，怎料他輕鬆避開，豬八戒重拳落空，整個人失去平衡，跌倒在地上，不醒人事……

豬八戒跟四名少年發生爭執，以及蓄意傷害他人身體卻不成功的過程，竟被其他食客偷拍了，片段隨即被上載至Youtube，命名爲「六十後離地[15]中坑[16]怒幹八十後本土青年」，點擊率直逼當年「巴士阿叔」[17]，更引發起網上的熱烈討論，豬八戒終於成爲了網絡名人，而他所借來的好運氣，也彷彿在這一夜用光了……

那夜之後，豬八戒消失於這家火鍋店。

除了因感到很尷尬和丟臉，也因爲這半年間零售業不景氣，銅鑼灣駱克道其中一段短短一百公尺的範圍內就有三間藥房倒閉，且都在未滿約下撤退，而這全是豬八戒擁有的商舖，結果減至原價近四成才有新客戶接手。其他黃金地區也每況愈下，豬八戒損失慘重，開始思考人生的新方向……

這一夜，豬八戒再次現身，也是最後一次光顧這家火鍋店。

「我打算移民菲律賓！」

老闆以爲他聽錯，豬八戒很認眞地繼續說：

「香港玩完了！被那些身在福中不知福的廢青搞死了！我已在菲律賓買了一座島嶼，打算送給素貞作結婚禮物！做了這麼多年『業主』，我決定升級做『島主』！」

平常人或許覺得豬八戒已瘋了，老闆卻突然想起他的獅子山精神……

「我決定今晚向素貞求婚！她跟了我這麼多年，我也是時候要負責任，給她一個名分。」

15 離地：在香港指想法和行爲與一般大眾截然不同，脫離現實之意。
16 中坑：粵語中稱呼成年男性爲「中坑」。
17 巴士阿叔：二〇〇六年四月二十七日，在香港一輛巴士上發生了一場口角衝突，過程被旁觀的乘客錄下上傳到網上，引起社會關注。

這一夜，豬八戒沒有喝酒，也異常低調，他跟白娘子一起品嚐全素生料火鍋盛宴，主角是鮑魚素翅濃湯雞鍋，其他特色生料，包括：玉環素瑤柱甫、原隻鮮茄素肉杯、鴛鴦素肥牛卷、冰鎮素虎蝦、碧玉藏素海參、麒麟香草素豚片、西冷素牛柳條等等。然而，白娘子依然故我，只吃清水涮的菇菌蔬菜……

當白娘子結帳時，阿東正爲豬八戒準備求婚的道具，老闆終於按捺不住內心多年來的好奇：

「我們的湯底，不合妳的口味？」

「聞香品韻，我可以嗅出湯底的香味和鮮味。我最喜歡花膠雞湯。」

「那麼，妳每次只吃清水火鍋？」

「我吃素，是要爲他贖罪……」

「贖罪!?」

「炒賣房地產的錢，靠剝削別人賺回來的錢，都是陰騭錢……」

「其實，妳應該有更多和更好的選擇。這些年來，辛苦妳了。」

「不辛苦，這是我的幸福！今世重逢，我是來報恩和還債的。」

這夜，老闆突然有所感悟，這家熱鬧的火鍋店，其實也是「借來的地方」和「借來的時間」。

如果，每一代香港人，都擁有屬於自己的獅子山精神，任何人都應該有權利去選擇屬於自己的幸福。

即使，這是一種孤獨的幸福，未必得到別人的祝福，但既然是你的選擇，就必須堅持到底，直至得到最後勝利。

看在旁人眼中，白娘子多年來的「投資」終於有所回報！她終於得到身爲一個女人的最大幸福。

然而，看在老闆眼中，眞止得到幸福的不是別人，而是終於明白「有借有還」的簡單道理的豬八戒……

〈第二鍋：獅子山下的一鍋春水〉完

鍋物介紹

豬骨煲：來自宮廷藥膳的庶民美味

對於不吃內臟的外國人，很難理解豬骨煲的魅力所在。如果我們告訴外國朋友，豬骨煲曾經是宮廷藥膳，只有在喜宴中讓皇族和達官貴人享用，他們應該會以爲我們是說笑吧！然而，相傳在清朝，被稱爲「大骨煲」的豬骨煲，是皇宮在秋冬的喜宴食物，其後慢慢被推擴到中國各地，輾轉成爲民間美食，更被列爲粵菜的代表菜餚之一，流行於香港和澳門地區。

正所謂「骨頭的精華在湯裡」，豬骨煲以肥膩的豬骨爲基礎，加上豬內臟和其他食材一同熬煮，經過簡單調味後，奶白色的香濃湯底色香味俱全，還具有禦寒補身的功效。

很多人吃豬骨煲，其實是爲了吃骨髓。某程度上，骨髓才是豬骨煲的眞正主角。火鍋店通常會提供手套和吸管，讓客人用手拿起豬骨，用嘴巴或吸管對準豬筒骨吸啜。至於其他藏在骨縫內的筋肉和骨髓，不浪費食物的認眞朋友，可以用筷子或牙籤剔出來，細心享用，回味無窮。

正因如此，吃豬骨煲的重點是耐性，這也是一種慢活的享受。跟親友一起圍爐時，可以慢慢聊、慢慢吃、慢慢品嚐豬骨的精髓、慢慢熬出一鍋香濃醇厚的靚湯，難怪豬骨煲曾經是屬於皇親國戚的御膳美食。

然而，如果你像外國人一般不喜歡吃內臟，或是對藥材湯底沒有興趣，眞的不用勉強！但如果你敢於嶄新嘗試，不妨以豬骨湯來涮粟米及其他蔬菜，或是簡簡單單的配一碗白飯，或許會爲你帶來顚覆性的火鍋體驗。

第三鍋

麻辣俠侶大戰三百回合

刀光。劍影。

俠骨。柔情。

這是一場男與女的對決。

也是一場麻與辣的比拚。

兩位新一代的高手，決戰於南方某小島上……

唐十三暴喝一聲，使出一招「潑墨大寫意」[1]！舞出一輪明月般的優雅刀光，刀光中突然爆出一朵朵血紅鮮花，花瓣上彷彿淬有劇毒，教人防不勝防。

雷天嬌不慌不忙，以指代劍，劍膽琴心，回敬一招「心亂如麻」。先以凌厲的劍影掩蓋刀光，再以縱橫的劍氣壓下暗器，輕鬆瀟灑地破解了唐十三的「辣招」。

作爲「江南霹靂堂雷家」的新一代高手，雷天嬌雖然是女兒身，卻是青出於藍勝於藍，對火器的掌握已超越了先賢先哲，在「封刀掛劍」的門規祖訓下，自創以守爲攻的十三路「痴心情長劍」，比「小雷門」門主雷捲的「失神指」更霸氣，比「六分半堂」總堂主雷損的「快慢九字訣」更變化多端，亦比「無劍神劍手」雷媚的「無形

1 潑墨大寫意：源自武俠小說名家溫瑞安《唐方一戰》設定，又名「留白神箭」或「驚艷一箭」。後面提及的諸多招式、角色與門派名稱，也都是源自溫瑞安作品設定。

劍氣」更殺人於無形。

作爲鼎鼎大名「蜀中唐門[2]」眞正掌門人「唐大嫂」的入室大弟子，唐十三從小天資過人，舉一反三，發出的暗器動魄驚心，煉製的毒藥奪魄勾魂，但他眞正的絕技卻是「不哭死神」[3]。某次跟號稱「天下第一用毒名家」的嶺南老字號溫家年輕好手一起以身試毒，當其他人都辣到流眼淚而投降時，他卻面不改容，連鼻水或汗水也沒流半滴，從此被尊稱爲「毒男至尊」。

縱橫江湖多年，今日雷天嬌終於遇上勁敵。

水深火熱之間，唐十三也對伊人另眼相看。

「辣招」雖被破，氣勢卻仍在，唐十三立即變招，舞出另一輪刀光，化被動爲主動，做出絕地反擊。

留白小題詩！

明槍易躲，暗箭難防。

刀光留白中，唐十三突然發出冷箭！既驚且艷的一箭！

冷箭激射的半途中，突然一分爲二，在煙霧裡暗算雷天嬌的要害！

面對這「驚艷一箭」，雷天嬌沉著應戰，接連使出「痴心情長劍」的兩大殺著——

不動如山！

雷天嬌靜若處子，等待時機，隨即變招，反守爲攻——

侵略如火！

唐十三暗算雷天嬌不成，反而中了圈套，立即殺氣大盛，差一點殃及池魚。

危急之際，老闆出現，隨之出招。

只見他伸出兩指，像雷捲的「大神指」般豎起拇指，發出比雷媚更厲害的「無形劍氣」，連消帶打，同時爲雷天嬌和唐十三點讚。

驚天一劍！

驚天第一劍，後發而先至。

一劍鎮神州，一笑泯恩仇。

無堅不摧的威力，鬼神莫測的速度，發動時風雲變色，雷崩電閃，足以在逆境中扭轉乾坤！

只有大俠蕭秋水的「驚天一劍」，才可以完美破解唐方的「驚艷一箭」，平息這一場江湖風暴，及時拯救了雷天嬌，以及火鍋店內的其他客人。

2 唐門：出現在許多武俠小說中的虛構家族式門派，有擅使毒及暗器的設定。

3 不哭死神：香港漫畫家馬榮成代表作品《風雲》主角步驚雲的外號。

這場江湖風暴的始作俑者，正是「劣食達人K」和「可愛的處女座」。

劣食達人K和可愛的處女座這對旅遊和美食KOL[4]界的金童玉女，在他們仍是blogger的年代，早已透過網誌上的文字互相認識，其後邂逅於某家韓國餐廳的試食活動，彼此開始有感覺，卻曖昧了好一段時間。今晚是他們的初次約會，特別選在這家懷舊特色的著名火鍋店，正是因某位共同朋友大力推薦的「幸福的花膠雞湯」……

爲免氣氛尷尬，他們各自找了一位朋友伴隨。劣食達人K請來「唐十三」，可愛的處女座請來「雷天嬌」。

結果，事前完全無法想像，他倆竟擦出火花，一言不合之下，引爆出唇槍舌劍。

唐十三和雷天嬌，都是他倆的網名，而事實上他們分別姓「唐」和「雷」。

他倆看似萍水相逢，卻是冥冥中有主宰，因爲他倆擁有三個令人驚訝的共通點。

首先，他倆都非常喜歡看武俠小說，特別是一系列溫瑞安「巨俠」的代表作品。

其次，他倆都熱心公益，不只樂於助人，還樂於救助動物。唐十三是「陳校長免費補習天地」的義務導師，雷天嬌則出錢出力拯救被遺棄的小動物。

最後，也是最重要的，他倆都是這家懷舊特色火鍋店的熟客。因爲他倆都非常喜歡打邊爐，每星期最少打三次邊爐，每星期最少在這裡打一次邊爐。

然而，即使很多次擦身而過，即使差一點共處一室，即使有機會分享同一火鍋，這個不可思議的晚上，才是他倆第一次的正式見面……

在眾多火鍋湯底中，他倆最喜歡的竟然不是堪稱鎮店之寶的花膠雞湯，反而是——麻辣火鍋。

就算同樣至愛麻辣火鍋，他倆卻各自有不同的要求。

雷天嬌無辣不歡，自稱「麻甩[5]女俠」。她的口頭禪「俠義每多麻甩輩，由來俠女出風塵！」得到很多網友的認同，當中有不少女性，特別是喜歡小動物的女網民。

「俠義每多麻甩輩」，其實是蛻變自「俠義每多屠狗輩」，其實是源自明代學者曹學佺的〈至屠夫徐五家見懸上聯〉：「仗義唐每從屠狗輩，負心都是讀書人。」雷天嬌因爲抗拒「屠狗」，故此改爲「麻甩」。

「由來俠女出風塵」，卻是源自清末民初的政治家和軍事家，被稱爲「護國大將軍」，甚至被譽爲「軍神」的蔡鍔的〈題贈小鳳仙〉：「自是佳人多穎悟，由來俠女出風塵。」當中前一句有傳是「不信佳人多薄命」，但重點在於「俠女出風塵」。

根據《史記．刺客列傳》的記載：「荊軻既至燕，愛燕之狗屠及善擊筑者高漸離。荊軻嗜酒，日與狗屠及高漸離飲於燕市，酒酣以往，高漸離擊筑，荊軻和而歌於

4 KOL（key opinion leader）：即「網路紅人」。

5 麻甩：即「男人」。

市中，相樂也，已而相泣，旁若無人者。」歷史上的「屠狗輩」名人，除了荊軻和高漸離，還有身分神祕的「狗屠」。

至於「出風塵」的「俠女」，首選唐代杜光庭所著唐人傳奇《虯髯客傳》中的虛構人物，與李靖和「虯髯客」並稱爲「風塵三俠」的「紅拂女」。

「麻甩，是一種生活態度！」這是雷天嬌的哲學，她寧願選擇負面的「麻甩」一詞，代替殺氣騰騰的「屠狗」。

對於麻辣火鍋，作爲「出風塵」的「麻甩女俠」，雷天嬌看重和追求的是「麻」的感覺。

雖然是身材窈窕的美女，雷天嬌卻食量驚人。她因爲愛狗，正努力減少吃肉。故此，她吃麻辣火鍋，都以素菜爲主。

另一方面，唐十三吃麻辣火鍋，最愛搭配新鮮食材，特別是海鮮。「打邊爐，一字記之曰：『鮮』！」這是老闆的金句之一，唐十三非常喜歡。

唐十三對美食很有要求，對麻辣火鍋的「辣」更有要求，他一直追求有層次感的「辣」。

那位內向、憂鬱而文靜的作家，跟他一見如故，特別送了一瓶何老太祕製的特辣XO醬給他，結果讓他開了竅，明白「天外有天，辣中有辣」。

「心情好，吃辣！心情不好，吃更辣！」

這是唐十三從「辣」中參透出來的人生哲學，也是他作爲「毒男至尊」的堅持。即使獨個兒在茶餐廳吃豆腐火腩飯，他都必須要加辣椒醬！

於是，雖然可愛的處女座已預訂了馳名的花膠雞湯，但經理Lily看見他倆後，仍特別爲他倆加了一個正宗的麻辣火鍋。

補充一句，可愛的處女座正是美食家「西門王子」的網友，當日老闆正是將花膠雞三姊妹的阿花誤會成是她……

「麻辣火鍋這麼重口味，你們竟然會喜歡吃？」

當劣食達人K知道他倆最愛麻辣火鍋時，感到非常驚訝。

「牛鞭更重口味吧！你不是吃得津津有味？」雷天嬌瀟灑反擊。

「你們不覺得麻辣火鍋很不健康嗎？」可愛的處女座皺眉。

「麻辣火鍋，其實是一款藥膳火鍋！」唐十三認眞回答。

「每次吃完麻辣火鍋，我都會拉肚子，怕怕啊！」劣食達人K表情誇張。

「早前大陸傳媒，揭發有麻辣火鍋店，收集顧客吃剩的火鍋湯料重複使用，還有很多火鍋店偷偷在湯底加入罌粟殼，企圖令食客上癮……驚驚啊！」可愛的處女座的身體語言更誇張。

「兩位朋友，你們認爲，吃麻辣火鍋，最緊要的是什麼？」唐十三認眞地問。

「一杯冰水？」劣食達人K搶著回答。

「救命！不愧爲『劣食達人』！」雷天嬌啼笑皆非。

「笨豬豬！吃麻辣火鍋，最緊要的當然是跟喜歡的人一起吃啦！」可愛的處女座打圓場。

「傻豬豬！吃麻辣火鍋，最緊要的當然是跟喜歡的人一起吃得轟轟烈烈啦！」劣食達人K打情。

「笨豬豬！吃麻辣火鍋，最緊要的當然是跟喜歡的人一起水乳交融地吃得轟轟烈烈啦！」可愛的處女座罵俏。

「傻豬豬！吃麻辣火鍋，最緊要的當然是跟喜歡的人一起水乳交融地吃得轟轟烈烈前拍照留念啦！」劣食達人K卿卿。

「笨豬豬！吃麻辣火鍋，最緊要的當然是跟喜歡的人一起水乳交融地吃得轟轟烈烈前拍照留念並且第一時間放上網呃like[6]啦！」可愛的處女座我我。

「夠了！」唐十三掩面。

「眞的夠了！」雷天嬌痛心。

「我眞的吃不消了！」唐十三搖頭。

「我連昨晚的宵夜也要吐出來了！」雷天嬌疾首。

「那麼，吃麻辣火鍋，最緊要的什麼？」可愛的處女座傻氣地問。

「一碗白醋！」唐十三認眞回答。

「一碗白醋？」劣食達人K難以置信。

「白醋因酸度夠，吃麻辣火鍋時，既可以中和口中辣度，又可以殺菌。」雷天嬌詳細解釋。

「加一點生蒜和香油，效果更佳！」唐十三從旁補充。

「等等，我上網搜尋，發現了麻辣火鍋有六大特點。傻豬豬，我們一人一句唸出來，好嗎？」劣食達人K深情提議。

「好啊！笨豬豬。」可愛的處女座柔聲和應。

「第一，麻辣爲主，多味並存。」劣食達人K唸出第一段。

「第二，講究調味，善於變化。」可愛的處女座唸出第二段。

「第三，注重用湯，崇尚自然。」劣食達人K唸出第三段。

「第四，刀工精細，變化靈活。」可愛的處女座唸出第四段。

「第五，選料廣泛，獨具一格。」劣食達人K唸出第五段。

「第六，飲餐合一，隨心所欲。」劣食達人K和可愛的處女座同聲唸出末段。

「網上資訊，不要盡信，麻辣火鍋的重點，其實只有一個！」雷天嬌語氣肯定。

---

6 呃like：香港網路用語，指在社交軟體上爲得到大量「讚」（like）而發布貼文或照片。

「對！重點其實只有一個！」唐十三點頭認同。

「究竟是哪個重點？」劣食達人K和可愛的處女座異口同聲地問。

「一個字：『麻』！」

「……『辣』！」雷天嬌和唐十三竟然說出不同答案。

「不！重點肯定是『麻』！」雷天嬌態度堅決。

「不！重點絕對是『辣』！」唐十三據理力爭。

「麻辣火鍋的湯底，是由多種不同的香料和中藥熬製而成，最普遍的材料包括：花椒粒、蔥段、薑片，辣椒粉、紫草、桂皮、八角、大小茴香等，進食時會令舌頭痲痹，這不是一般的辛辣，而是『麻辣』，以『麻』爲重點的『辣』！」雷天嬌說。

「正宗的麻辣火鍋，重點是全部以牛油熬湯，連蘸醬也是一碗芝麻油，藉此突出火鍋湯滷的辣味，故此重點在於辣！」唐十三說。

「是麻辣火鍋，不是辣麻火鍋！麻辣，正是以麻爲先，以辣爲次，麻當然比辣更重要！」雷天嬌說。

「巴蜀一帶，自古以來美女如雲，據說都是吃辣的功勞啊！故此，辣才是王道！辣比麻更重要！」唐十三說。

「拜託！辣椒是來自墨西哥的植物，在明代末期時，透過西班牙商人，從南美洲經南洋群島傳入中國，再從沿海地區傳入巴蜀一帶，辣椒在當地至今仍叫作『海椒』，怎會『自古以來美女如雲』？」雷天嬌說。

「明代藥典《食物本草》，爲中國各地的水分類，西面之水屬寒水，即是軟水，東面之水屬熱水，即是硬水。」唐十三說。

「哦？」雷天嬌含糊一聲。

「寒水雖然可以養顏美膚，卻會傷及脾胃，造成腸胃不適。而且，四川盆地的天氣潮濕，霧氣濃重，加上寒水，易患濕症。請問在辣椒『輾轉從沿海地區傳入巴蜀一帶』前，四川人如何祛寒健胃？如何除濕止痛？」唐十三說。

「哦？」雷天嬌支吾其詞。

「大自然非常奇妙，寒水正是辛辣植物的滋潤劑！辛辣，五行屬火，與寒水相剋。四川盆地盛產各種辣椒和香料，正好調和寒水對身體的害處。」唐十三說。

「哦？」雷天嬌不置可否。

「多吃辣，既能祛濕除寒，更能透過辛辣發散，令皮膚毛孔開啓，提升新陳代謝，增加發汗排毒，滋潤皮膚毛髮。這樣，妳仍認爲麻比辣更重要嗎？」唐十三說。

「厲害！厲害！不過據說麻辣火鍋起源於清道光年間，從毛肚火鍋改良而成，但重慶碼頭一帶早就開始流行名爲『水八塊』的小食。這是用上有八個格子的洋鐵鍋，下面以炭火泥爐加熱，可算是火鍋的雛形。吃的人各佔一格，食物以牛的下雜爲主，在配有麻辣牛油的滷汁中涮煮，價格大約是一個銅板八片牛肉，所以稱『水八塊』。

故此，麻辣火鍋不只有一味的『辣』！」雷天嬌轉守爲攻。

「麻辣火鍋的主要材料，共有三大類，分別是麻、辣和辛，即是香料，各有所長，互相配合，徹底發揮麻辣火鍋的食療功能。辣的部首是辛，辛和辣同出一轍，比重佔了三分之二，妳依然堅持麻比辣更重要嗎？」唐十三絕地反擊。

「人在變，世界在變，人的口味也在變，麻辣火鍋又怎可以一成不變？」雷天嬌繼續出招。

「即使一切在變，也是萬變不離其宗！中華傳統文化，特別是飲食文化，必須毋忘初衷！」唐十三以守爲攻。

「那麼，你可以接受茶餐廳的菠蘿油嗎？」雷天嬌問。

「有何不可？」唐十三反問。

「那麼，你可以接受大粒的鮮蝦雲吞嗎？」雷天嬌再問。

「有何不可？」唐十三再反問。

「那麼，你可以接受由西米露演變的芒果椰汁西米撈嗎？」雷天嬌繼續問。

「有何不可？」唐十三繼續反問。

「拜託！這些都是忘記了初衷，經過改良，或進化而成的新一代飲食文化！」雷天嬌一臉自信，趁機搶攻。

「妳根本是強詞奪理！」唐十三知道中計，激動起來。

正當劣食達人K和可愛的處女座不知如何是好時，老闆突然出現在他們身邊，爲二人熱烈鼓掌。

老闆的激烈掌聲，不只打破二人刀光劍影的僵局，更引起店內其他客人的注意。

「好！非常好！看來兩位客人對麻辣火鍋都很有研究，有興趣來一場比試嗎？」老闆出招了！

「如何比試？」

「比試什麼？」雷大嬌和唐十三同聲追問。

「一起創作屬於香港的麻辣火鍋！」老闆慷慨激昂地說。

「既然是比試，如何一起創作？」唐十三問。

「按照你們兩位大俠的口味，選取香港常見的食材，又或是具有代表性的食材，作爲火鍋的主菜，並且搭配合適的主食。」老闆手舞足蹈地說。

「正呀喂[7]！」劣食達人K拍手叫好。

「我都有興趣試試啊！」可愛的處女座眉飛色舞。

「火鍋湯底呢？也是由我們負責？」雷大嬌問。

7 正呀喂：香港流行俚語，即台灣的「好極了」。

「諸位不用煩惱！麻辣火鍋的湯滷，將會由在下免費提供。」

說話者是名俊美男子，只見他一頭飄逸長髮，一臉親切笑容，一身米白西裝——白逸。

表面上，他是一個非常成功的保險經紀；實際上，他的眞正身分卻是一個謎……

看似獨身的他，卻有一位不在香港的未婚妻，據說她最愛重口味的麻辣火鍋，他們每次溫馨約會，都會一起在「閻王殿」品嚐「地獄血池火鍋」。多年來，他累積了豐富經驗，現已是一名低調的麻辣火鍋專家，有緣跟老闆結爲好友後，定期與他討論如何改良湯底，並研究不同食材的搭配。

「在下有信心按照兩位的口味，調配出合適的麻度和辣度。」白逸親切一笑。

「『閻王殿』的獨家祕方？」老闆好奇一問。

白逸微笑不語，充滿神祕感。

「如何分出勝負？」唐十三提出關鍵問題。

「三盤兩勝，如何？」老闆考慮了一會。

「即使大戰三百回合，我也不會害怕！」雷天嬌爽快答應。

「妳不害怕，難道我會害怕嗎？」唐十三答得更瀟灑。

「那麼，誰來擔當評判？」雷天嬌提出另一關鍵問題。

「一切由老闆決定，如何？」白逸望向老闆。

「我建議集思廣益，組一個評判團，你們可提名合適的評判。」老闆望著二人。

「評判我已有人選。」唐十三點頭。

「評判我也有人選。」雷天嬌做出ＯＫ手勢。

「我有一個最重要的問題：任何食材都可以？」唐十三問。

「重點是『香港特色』！」老闆爽快回答。

「我有一個更重要的問題：我們何時比試？」雷天嬌問。

「一星期的準備時間，足夠嗎？」老闆豎起右手食指。

「我可以！你呢？」雷天嬌眼神挑釁。

「妳可以，我當然也可以！」唐十三不甘示弱。

「好！一星期後，『第一屆香港麻辣火鍋大決戰』，開始！」老闆一錘定音。

火鍋店內，全場起鬨。

一週後，第一屆香港麻辣火鍋大決戰，在這家充滿特色的火鍋店內展開第一回合。

評判團共有五人，評判團的主席，當然是老闆。評判團的兩位副主席，分別是這次比賽的贊助人——白逸，以及外號「砵蘭街之花」的小龍女。

評判團的另外兩位評判，雷天嬌提名了近期的城中名人，辭去大銀行的高薪厚職，在旺角鬧市天台開設有機農莊，外號「鮮氣女神」的素食專家，正好平衡小龍女喜歡吃肉的口味。

唐十三所提名的評判，大家並不陌生，既是這家火鍋台的熟客，也是老闆的好朋友，他正是外號「西門王子」的新一代美食家。

阿花也有到場打氣，但她不是爲了兩位參賽者打氣，而是爲她擔任評判的男朋友西門王子打氣。

阿花的好姊妹阿膠，加班後也趕來火鍋店，但她不是爲兩位參賽者和西門王子打氣，而是爲她的偶像小龍女吶喊助威。

比賽由那位內向、憂鬱而文靜的作家主持，並由劣食達人K和可愛的處女座全程直播。

雷天嬌和唐十三，本已各有支持者，但在老闆事前大群宣傳下，這次比賽立即成爲城中熱話，他倆在網上也人氣急升！

「這次比賽，重點是香港特色，目的是要一起創作屬於香港的麻辣火鍋！我們將採取三盤兩勝制，每回合由評判團的五位評判，一人一票，選出該回合的勝者。」

作家隨即簡介五位評判，當他介紹西門王子時，阿花竟然舉牌支持。

「在座各位食客，雖然你們沒有投票權，卻有基本的溫飽權，可以一起品嚐充滿香港特色的麻辣火鍋！」

火鍋店內的食客，先是一片噓聲，其後卻轉爲一片歡呼聲。

「兩位參賽者，你們已準備好嗎？」

唐十三充滿自信地點頭。

雷天嬌對著直播鏡頭雙手豈起姆指。

「第一屆香港麻辣火鍋大決戰，第一回合，正式開始！」

掌聲雷動中，小鮮肉阿東和和另一位帥氣侍應Ken，分別爲評判團奉上唐十三和雷天嬌精心準備的食材。

「這次比賽的重點是四個字：香港特色，我第一時間聯想到香港街頭小食！」

雷天嬌坐在老闆面前，跟他一邊吃，一邊慢慢解釋。

「而跟麻辣火鍋最協調的，應該就是韭菜、蘿蔔、豬紅、豬腸、豬油渣這些充滿童年回憶的小食！其中豬油渣炸得香脆，嚴選肥膏瘦肉九比一，在我特別提升了麻度的湯底中，特別滋味！」

雷天嬌一邊繼續解釋，一邊爲幾位評判煮麵。

「主食方面，我參考了油渣麵，特別選用了較粗身的上海麵。」

老闆和白逸笑而不語，西門王子和小龍女吃得津津有味，鮮氣女神卻只吃韭菜和蘿蔔……

「跟麻辣火鍋最協調的香港街頭小食，是四個字：咖哩魚蛋！」

唐十三刻意模仿雷天嬌的口吻，讓可愛的處女座忍不住偷笑。

「上世紀五、六十年代，香港以捕魚維生，當時的漁民爲免浪費，細條或廉價的鮮魚仍會物盡其用，將頭和尾削碎後，魚肉去骨加入調味料及澱粉，製成魚漿，搓成球狀，經油炸後，外皮金黃，成爲多年來平民美食，其後演變成爲咖哩魚蛋。」

唐十三拿起長竹籤，在老闆的麻辣鍋中，掏出一粒黃金魚蛋。

「以上等魚漿製成的，爽口彈牙的黃金魚蛋，連同橙色墨魚、牛柏葉和豬皮等，都是屬於香港人的集體回憶！以這些街頭小食，配加了辣的麻辣火鍋湯底，才是眞眞正正屬於香港的麻辣火鍋！」

老闆和白逸繼續笑而不語，西門王子、鮮氣女神和小龍女分別在回味豬腸、豬紅、以及炸過的豬油渣……

「主食方面，當然是同樣屬於集體回憶的出前一丁！」

小龍女突然兩眼發光。

「煮出前一丁是有技巧的，重點是三個字：過冷河！」

西門王子和鮮氣女神引頭以待。

看見幾位評判的反應，雷天嬌心知不妙！

唐十三拿出麵餅，在沸騰的麻辣湯中開始煮麵。

在專心煮麵的過程中，他沉默不語，不斷有節奏地用筷子弄鬆麵條，讓適量的空氣進入麵條內。待麵條煮至八成熟時，他立即關火，將麵條撈上來，稍微冷卻，然後再放在眾位評判的碗內。

就是這個過冷河的步驟，令麵條更爽口、更美味！小龍女、西門王子和鮮氣女神都讚不絕口。

結果，第一回合，票數三比二。

唐十三以一碗過冷河的麻辣湯出前一丁險勝！

一星期後，第二回合，雷天嬌絕地反擊！

上次「童年回憶」不敵「集體回憶」，雷天嬌敗於上海麵煮得太熟，在最後關頭失分。這次她痛定思痛，決定以「轟轟烈烈」爲主題，嘗試平反敗局。

食材還是充滿童年回憶的街頭小食，卻精選了以煎和炸爲主的食物，包括：炸大腸、炸魚皮、炸魚蛋、炸魚片角、炸龍蝦丸、炸獅子狗魚蛋……連辣椒也以滾油炸了一遍，午餐肉也煎得外焦內軟，色香味俱全。

「主食方面，我參考了蛋煎倫教糕，選擇了茶餐廳的西多士！強強聯手，成爲

『九龍西厚多士』，一起創造屬於香港的麻辣火鍋！」

五位評判，一致讚好。

現場食客，一同歡呼。

「由麻辣火鍋湯滷的『滷』字，我聯想起滷水，所以今次我選擇『細水長流』，採用了一系列滷水小食，包括：生腸、墨魚、雞腎、雞腳、雞翼尖、豬耳、豬肚、豆腐等，另外，還有一些新鮮的菇和菌……」

老闆和白逸依然笑而不語，西門王子、鮮氣女神和小龍女卻分別在回味炸大腸、炸魚皮、以及煎午餐肉……

「主食方面，我今次選擇了更爽口的水晶粉……」

唐十三的氣勢，完全被雷天嬌壓下。五位評判中，只有「西門王子」認眞聆聽他的詳細解說，其餘四名正在享用「九龍西厚多士」……

結果，第二回合，票數四比一。

雷天嬌大勝！局數追平一比一。

一星期後，第三回合，也是最後一個回合。

補充一句，今晚由經理Lily拿著手機進行直播，因爲劣食達人K和可愛的處女座已鬧翻分手了……

唐十三一直關心大陸的留守兒童，他爲了最後一戰，趁出差之便，到廣州取經。他應邀到東江水源頭的河源，探訪了當地山區的留守兒童，並爲他們擔任了一課義務老師。

因爲知道當地義工組織的負責人唐老師喜歡吃麻辣火鍋，爲答謝對方，他特別宴請唐老師到廣州兩家特色火鍋店，其中一家只賣雞煲，另一家則是麻辣田雞專賣店。

在只賣雞煲的名店內，他先點了被譽爲鎮店之寶的「大龍鳳」乾鍋——麻辣龍蝦雞煲。大龍蝦配文昌雞，果然辣得夠鮮味！

其後，他再點了一個非常特別的濕鍋——榴槤雞煲。撲鼻而來的，是既濃郁又強勁的榴槤味，讓喜歡重口味的他非常欣賞。鍋中更有兩大塊新鮮的榴槤肉，吸引了他的眼球。他立即盛一碗鮮黃的濃湯，加一大塊榴槤肉，既有榴槤甜味，也有雞的香味，毫無違和感，更超級美味，他立即靈光一閃。

店長爲「大龍鳳」乾鍋添湯後，另加了冬瓜片、蓮藕片和手切肥牛等食物，沒有浪費鮮味的雞湯。

最後，店長推薦了以砂鍋豉油皇炒麵作爲主食，砂鍋炒麵夠鑊氣，沾麻辣湯汁而食，令他回味無窮。

翌日，他返回香港前，被邀請去品嚐麻辣田雞。這家麻辣田雞專門店的重點，是客人可以自己選擇湯底「麻」和「辣」的程度。他按照個人口味，任性地點了「三麻」和「五辣」。店長見他對美食有要求，特別推薦在湯底加入榨菜，果然很爽口，跟充滿肉質的田雞，形成強烈的對比。

其他配料，包括田雞扣、鵪鶉蛋、炸枝竹、手切黃牛等，感覺跟麻辣湯底都非常匹配。主食方面，店長推薦了煎南瓜飯，以及手工水餃。煎南瓜飯，油而不膩；手工水餃，足料美味。

經過這次廣州之旅，他在比賽前一晚改了菜單，以一乾一濕的雙雞鍋參賽，並以砂鍋豉油皇炒麵作爲主食。

另一方面，雷天嬌卻反樸歸眞，以煎釀三寶和臭豆腐參賽，她活用麻辣火鍋的九宮格，將車仔麵的概念發揚光大，昇華爲「車仔鍋」，並以媲美重慶小麵的油麵作主食。

事緣她參與了某個宣傳寵物領養的活動後，跟其他義工一起去品嚐了新派素食，從而得到新靈感。她所精選的煎釀三寶，不只沒有添加香腸和紅腸等肉類，重要主角鯪魚肉還是親手打製的。除了做成魚肉球外，她也將鯪魚肉鑲在切成可愛模樣的茄子、豆腐、青椒和燈籠椒上，並以健康的芥花籽油炸至香脆。

至於臭豆腐，雷天嬌以莧菜、芥菜等蔬菜打成泥發酵做成滷水，放入豆腐浸泡四十八小時而成，其後薄切成三角形再油炸，外皮酥脆，內層鮮嫩，既有豆香，又有獨特的氣味，跟麻辣火鍋是絕配！

結果，「鮮氣女神」和「西門王子」投了唐十三一票，雷天嬌卻得到白逸和小龍女的支持。

票數二比二，打成平手！

大家正期待老闆的神聖一票，但他竟然——

「我棄權！」

眾皆譁然時，老闆繼續說：

「我這一票，交由全場各位客人一起選擇！」

客人紛紛表態。有趣的是，他們的數票也相同。

結果，依然不分勝負。

「這個結果，你們滿意嗎？」

二人終於明白老闆的用心良苦。

「好！我們再大戰二百九十七個回合吧！」雷天嬌甜蜜一笑。

「難道妳以為我會害怕嗎？」唐十三突然有股擁抱雷天嬌的衝動。

就在冷靜與熱情之間，唐十三跟雷天嬌握手時，火鍋店內掌聲雷動！

除了笑而不語的老闆，這絕對是一個令人意想不到的大團圓結局……

多年後，當你在網上輸入「港式麻辣火鍋」這個關鍵詞時，會得到以下的資訊：

麻辣火鍋，味道辛辣，進食時舌頭感到麻痺，故此爲名。

麻辣火鍋，據說出現於清代的道光年間，雖然是中國川渝一地的名菜，但經專家多方考證後，發現它的眞正發源地，其實是在古稱「酒城」的瀘州。更精確地說，是小米灘——當年四川境內長江邊上一個繁忙的碼頭，即現時的高壩附近。也因如此，有人會以「小米灘火鍋」來代表正宗的麻辣火鍋。

「菜當三分糧，辣椒當衣裳。」

當年長江邊的船工爲了跑船，聚宿於小米灘。每當泊岸停船後，他們立即生火做飯驅寒，但是設備簡陋，炊具僅有一瓦罐，他們只好在罐中盛熱湯，加入各種蔬菜，配以海椒和花椒祛濕。對於這些貧窮的船工，簡直是人間極品。故此，這種因利成便、就地取材的煮食方法，逐漸成爲了巴蜀一帶的特色美食。

對比瀘州，當時的重慶乃是水路交通要道，麻辣火鍋的雛形傳到重慶後，竟然被當時一些在四川話中被稱爲「棒棒」，負責挑擔子的苦力進行了一場美食革命，他們跑到殺牛場撿一些被人丟掉的牛內臟，在長江裡洗淨後，將肝、肚等切成小塊，跟其他的「棒棒」和船工一起進食。既能驅寒，又能飽肚，而且非常美味，開始帶動了一股勞力者的美食熱潮。

其後，有人拿起擔挑當小販，一頭放有兩個籮筐，分別擺滿以毛肚爲主的牛雜，以及新鮮蔬菜，另一頭是個泥爐子，爐上設有一只井字形或十字形鐵架分成小格的「大洋鐵盆」，盆內沸騰翻滾著一種又麻，又辣，又鹹，又香的自製滷汁，每天就在河邊、橋頭或大街小巷叫賣，專門向「棒棒」、碼頭工人、船客，甚至是市民兜售。客人光顧時，各人認定一格，邊燙邊吃，可算是當年的快餐。

重慶的麻辣火鍋，通常被稱爲「老火鍋」，因爲當年在重慶碼頭聚集的船客與碼頭工人流動性很大，火鍋中放置多格的「大洋鐵盆」，客人各選各格，吃完就走，火鍋底料不常更換，甚至反覆被使用，後來的客人還會經常在鍋中發現自己未點的菜式，因此被稱作「老火鍋」。

麻辣火鍋在重慶和四川日益興盛，抗日戰爭和第二次世界大戰時期，民國政府於一九三七年遷往重慶，當地成爲了中華民國戰時首都、中華民國陪都和同盟國中國戰區司令部駐地，同時也是大韓民國臨時首都，一眾達官貴人、文化人和記者，都以吃麻辣火鍋爲榮，麻辣火鍋成爲了一種時尚的身分代表。

後來，麻辣火鍋輾轉傳入台灣，再被發揚光大，甚至自成一派！除了保留四川火鍋的麻辣滋味，湯底也更濃郁清香，食料和醬料也更豐富，擁有獨特的台灣風味。

那麼，在香港這個東西方文化匯聚的「火鍋之城」，可有港式風味的麻辣火鍋？

答案當然是肯定的。

「港式麻辣火鍋」，正是由傳說中的「麻辣俠侶」攜手首創。他倆同心合力，經歷了千辛萬苦，克服了重重困難，終於海納百川，集各家之大成，創造出香港美食界的傳奇……

有關他倆的浪漫故事，據說是由一場「比武招親」開始……

〈第三鍋：麻辣俠侶大戰三百回合〉完

鍋物介紹
麻辣火鍋：究竟以麻為先？或是以辣為主？

對於很多香港人，麻辣火鍋是源自台灣，也是台灣火鍋的代表。

不過在我眼中，台灣火鍋的代表，卻是鳳梨苦瓜雞鍋。

鳳梨苦瓜雞鍋的重點是「苦盡甘來」，麻辣火鍋之奧妙，則是麻與辣的配合，爲舌頭帶來不同的味覺衝擊。

我一直非常好奇：麻辣火鍋究竟應該以麻爲先？或是以辣爲主？故此，我創作了〈麻辣俠侶大戰三百回合〉這個以港式麻辣火鍋爲主題的故事，也嘗試拋磚引玉，向各界喜歡麻辣火鍋的友好提出上述的疑問。

因爲喜歡打邊爐，我在廣州認識了一位開麻辣火鍋店的好友，他的店以麻辣田雞聞名，但更大的賣點是我能自由挑選麻與辣的程度，我大多會點五麻四辣。我最喜歡他將辣湯配料都拿走的做法，不只方便進食，也不會突然咬到超辣的小東西，而影響進食過程和情緒。

我曾經和愛吃麻辣火鍋的友好認眞討論過，大陸和台灣的麻辣火鍋，最大的分別是什麼？我們得出的簡單結論是：台灣的麻辣火鍋，湯底可以喝，大陸的麻辣火鍋，湯底絕對不可以喝！

故此，在香港吃台式麻辣火鍋時，最後我會來一碗白飯，以精華所在的麻辣湯來泡飯。如果在台灣吃麻辣火鍋，除了白飯，可以選擇冬粉或王子麵，亦可以按口味加入芋頭。除了這些主食之外，我強烈建議大家嘗試以倫教糕沾麻辣湯進食，或許會爲大家帶來顚覆性的口感和味覺享受。

〈鍋物〉

清淡湯底篇

第四鍋

那年夏天，回憶中的味道……

我好想變回當年那個青澀純眞的小女孩！

我好想再次嚐到回憶中簡簡單單的味道！

但總以爲，一身銅臭的我已經不能回頭。

直至來到這家充滿懷舊特色的火鍋店……

「多謝各位的支持和鼓勵！本店再次蟬聯香港最受歡迎火鍋店！我們一定會更上一層樓，爲大家帶來更多新鮮好滋味！」

老闆獲獎後，與顧客同樂，今晚竟然在店內舉行了神祕驚喜大抽獎！

「十三號枱，每人得到《打邊爐》簽名小說一本！一本萬利！一齊繼續賺大錢！」

這個晚上，我與其他基金經理定期聚會，表面上交換投資訊息，實際上卻只是炫耀自己多麼成功。

我們之所以選擇了這家著名的火鍋店，除了作爲鎮店之寶的花膠雞湯非常美味，更是爲了一個都市傳聞。

據說有一位隱形富豪是這裡的常客，某次他竟然豪爽地爲全店的顧客埋了單，我當然希望他可以成爲我的客戶！讓我吸乾他所有血汗金錢的尊敬客戶！

雖然今晚未能遇見這位隱形富豪，卻也沒有空手而回。我們每人都得到那個經常自稱「內向、憂鬱而文靜的作家」的最新暢銷小說，還附有他的親筆簽名。

「一本萬利！好意頭[1]！老闆，我們今年齊齊賺大錢！」

我們從事投資的人多多少少有點迷信吧。特別是我這個巾幗不讓鬚眉的「德輔道狼人」。

「德輔道狼人」是公司的同事，特別是下屬們暗地對我的「尊稱」，代表我足以媲美「華爾街狼人」[2]，擅於從客戶身上榨取最大的利益！即使我們的業務範圍已遷離了中環，我的名號仍然不變，仍然響遍基金投資界。

抽獎後，老闆拿著香檳，跟每一枱顧客碰杯。

「老闆，恭喜你！」我們跟他一起舉杯慶祝。

「Phoebe？」身後突然傳來一陣熟悉的男聲。

「John？」我轉身一望，簡直是難以置信。

「Phoebe？John？」身旁突然傳來一陣令人懷念的女聲。

「Elisabeth？」我和John一起回望，同聲驚呼。

當年由教會主辦的英文夏令營，我正是John和Elisabeth的組長。

我的英文名「Phoebe」，在《聖經》新約合和本中被翻譯爲「非比」，是堅革哩教會的女執事，也是《聖經》新約中唯一提及的女執事。因爲愛護教會的弟兄姊妹，經常仁慈地對待和幫助他們，深得信徒的尊重，在《羅馬書》第十六章中，特別受到使徒保羅的舉薦，極有可能就是由她將「保羅書信」帶到羅馬。

沒錯！我曾是基督徒，而且是一個非常虔誠的基督徒。曾經熱心侍奉、忠心服事教會，希望在大學畢業成家立室後，擔任教會的女執事，帶領教會發展兒童工作。然而，曾經充滿愛心，心裡火熱的我，早已背棄理想，以及在禱告中對主耶穌基督的承諾，變成一個唯利是圖的基金經理。

可笑的是，John和Elisabeth也變了很多。昔日的運動健將，此刻竟已變成一團肥肉！昔日光芒四射的校花，此刻竟已變成賢妻良母！

重逢前的一刻，抱著孩子的Elisabeth，正跟她丈夫的家人一起享受天倫之樂。喝得滿臉通紅的John，已解下領帶，捲起衫袖，正跟他ＩＴ公司的同事一起痛罵上司和客

---

1 好意頭：在香港指的是好兆頭、吉兆或好運。

2 華爾街狼人：爲叱吒華爾街的股票經紀人喬登．貝爾福（Jordan R. Belfort，港譯佐敦貝福）的外號，他曾因涉詐欺和洗錢罪行而入獄，現在是著名的勵志演説家。電影《華爾街之狼》（*The Wolf of Wall Street*）便是改編自其同名回憶錄。

戶的諸般不是。

如果沒有這次大抽獎，John和Elisabeth也不會留意到我，我們也不會久別重逢。人與人之間的緣分，果然非常微妙。我們立即互相交換聯絡方法，相約出來再聚。

但那卻是一次極不愉快的聚會！

聚會的日期和時間，先後更改了四次。

第一次是John遲了訂位，但火鍋店即使在平日也爆滿；第二次是Elisabeth的女兒病了；第三次是我突然有一個緊急會議；第四次是當日下午我心情欠佳，隨便找了一個理由延期。

終於，我們再次團聚了！

在我的特別要求下，今晚老闆特別爲我們準備了一個屬於夏天的火鍋——官燕松茸海皇冬瓜三層塔。

市面上的冬瓜盅火鍋，一般只放一個冬瓜環在鍋底，老闆卻匠心獨運，精心設計將三層大小不同的冬瓜環疊起，做成生日蛋糕的樣子，每層冬瓜環還內藏不同玄機。

最底層，亦是最大的一層冬瓜環，包含了松茸和其他名貴野菌。中間第二層，將鮑魚、海蝦和帶子等「海皇」，放入膠質極重的花膠雞湯內，預先冷卻形成啫喱[3]狀態的海鮮凍，收藏入冬瓜環內。最頂層的冬瓜被雕成碗狀燉熟，承載著四兩金華火腿燴官燕。既有賣相，又有質量。

進食時，是有步驟的。首先將頂層燕窩放於湯碗內，然後將濃厚雞湯灌入第二層的海鮮凍內將其融化，非常有趣的是，海鮮會慢慢沉進底層，底層的野菌就會升上第二層的冬瓜環裡面，瞬間松茸的香氣就會撲鼻而來。然後，用刀切開冬瓜環，就像切生日蛋糕的感覺。最後，也是最重要的，當濃湯滾起時，再放進之前盛載燕窩的碗內，就可以品嚐到海鮮、松茸和官燕的美味三重奏。

「靚媽，我眞的想不到，妳這麼早就結婚了，而且已經做了媽媽！」

以利沙伯是施洗約翰的母親，所以當年在夏令營裡，大家都說Elisabeth和John是一對母子，而John也眞的以「乖仔」身分，替身爲校花的「靚媽」擋去不少狂蜂浪蝶。

「妳丈夫在哪裡發財？」

3 啫喱：即台灣的「果凍」，爲jelly的音譯。

「他跟我一樣都是教書的。」

「不會是在同一間學校吧！」

Elisabeth突然笑得很甜蜜。

「以妳的優秀條件，應該可以得到更高的投資回報！」

「愛情，不是投資。不是要找一個最好的人，而是要找一個對你最好的人。」

「女人最好的投資，不是男人，也不是婚姻，而是自己。」我突然由衷地說。

「那麼，妳的感情生活愉快嗎？」

「我……現在單身。」

「不可能吧！妳在教會沒有對象嗎？需要我介紹一些未婚的好男人給妳嗎？」

「不用了！我太忙了……」

「再忙，也需要愛情喲！一個女人，即使妳再成功，仍然需要一個歸宿。」

「曾經，我也像Elisabeth一般很傻很天真，但自從被前男友兼師父欺騙和出賣後，我學會了人只能相信自己。」

我突然有感而發，以說笑似的口吻說：

「如果我有妳的條件，我應該也會很早結婚，但我會嫁給一個非常有錢的老頭子，等他死了，我繼承了他豐厚的遺產，就可以開始人生的第二春！包養一個比我年輕的男朋友，每日陪我吃喝玩樂，風流快活！」

「妳是認真的嗎？」

死寂了一會兒後，氣氛尷尬得難以形容，我只好撒謊打圓場。

「當然是說笑啦！」

哼！我絕對不是說笑！我相信大部分港女都跟我有同樣想法！重點只是妳有沒有這樣的條件和機會，對嗎？

「嚇了我一跳啊！」John喘一口氣。「但是，Phoebe妳眞的改變了很多！」

「因爲我選擇了以事業爲重？」

「人若賺得全世界，賠上自己的生命，有什麼益處呢？人還能拿什麼換生命呢？」Elisabeth輕嘆一聲。

「《馬太福音》十六章二十六節。」我本能地接上了，然後淡然一笑。

「不愧爲我們的夏令營組長！」John對我豎起姆指。

「Phoebe豈止是夏令營組長那麼簡單？她更是團契的團長喲！」

Elisabeth和John突然雙眼發光。

「酒肉團契的團長！」

我們三人異口同聲地說，然後一起暢懷大笑。

「時代變了，感情變了，價値觀也變了。」我頓了一頓，然後勉強一笑。「唯一不變的，是我們對打邊爐的愛。」

「想當年，我們首創以冬瓜盅來打邊爐，真是令人懷念的好味道！」John開始沉醉於回憶。

「這位同學，那個是『八寶冬瓜盅』，特別加了夜香花，現在已很難吃到的了！」Elisabeth立即糾正他。

「老師，我知錯了！」

「乖！賞你一片金華火腿！」

「想當年，你叫她『靚媽』，你叫他『乖仔』……」

「『組長』，妳現時仍有上教會嗎？」

「沒有了。我……太忙了……」

「不可停止聚會啊！好像那些停止慣了的人，倒要彼此勸勉，既知道那日子臨近，就更當如此。」

這是《希伯來書》第十章二十五節，看似是對「停止聚會」的信徒的指責，大前提卻是二十四節的「彼此相顧、激發愛心、勉勵行善」。

「Elisabeth，妳現時在教會有什麼事奉？」我嘗試轉移話題。

「我之前教主日學，現在有了小朋友，跟其他婦女一起負責嬰兒室。」

「John，你呢？」

「我……主要是協助教區的網頁設計……」

「教區!?」Elisabeth的反應有點誇張。

「爲了孩子未來的升學，我跟太太一起改信了天主教……」

「這是一個非常明智的投資選擇！」

「Phoebe，妳竟然贊成我的做法？」

「不用分那麼細，都是同一根源。」

「基督教和天主教，是有很大分別的啊！等等！」Elisabeth突然察覺到重點。「你已有孩子？」

「我太太剛懷孕……」

「恭喜你！」我以茶代酒，敬John一杯。

「恭喜你找到生命的意義！」Elisabeth也舉起茶杯，跟John和我碰杯。

生命的意義？什麼是生命的意義？

必須要擁有家庭和子女，才可以找到生命的意義？

即使我事業有成，極有可能是全香港最賺錢的女性基金經理，仍未能掌握生命的意義？

有人說，每個人都有一個夢；我卻說，每個人都有一個價！

總有一個價錢，或是一堆數字，能夠令你降下底線、放低尊嚴、不顧顏面。甚至背棄信念。

同樣，生命的意義也可以被數量化，即使家庭和子女被吹噓得如何偉大和神聖，說穿了，其實只是一連串數字的組合。

哼！讓我撕破你們虛僞的假面具吧！

「我記得早前某個電視節目，譚玉瑛[4]姊姊問了家長一個有趣的問題：『養一個小朋友到大學畢業，需要多少錢呢？』。」

John隨即臉色一沉，Elisabeth更是面如死灰。

「你們會如何回答？」我突然有種幸災樂禍的心態。

「風之后李麗珊[5]曾經說過，養大一個小朋友需要四百萬[6]，如果按照近年來的通脹率計算，六百萬左右，應該已足夠……」John戰戰兢兢地回答。

「六百萬？僅僅足夠讓我的寶貝女兒接受最普通的教育！如果她要升讀外國的名校，考取專業資格和博士學位，最少需要四千萬啊！」

「四千萬……」John大吃一驚。

「爲了讓我的寶貝女兒讀名校，我和老公花了三千萬在九龍塘買了座小豪宅。」

「九龍塘？妳老公竟然這麼有錢？」

「全靠老爺過身後的保險金，但也僅僅夠首期。可更吃力的是興趣班的支出。」

「果然是『贏在起跑線』，Elisabeth，妳爲妳的寶貝女兒，究竟報了多少個興趣班？」

「也不算太多，只報了七個。」

「七個？」John驚訝地豎起七根手指。

「你跟我老公一樣的大驚小怪！有些家長，爲孩子報了十個興趣班喲！」

「想當年，世伯要妳參加暑假英文班，妳也千萬個不願意，我好有興趣知道，妳爲妳的寶貝女兒，究竟報了什麼興趣班？」

「除了英文班和普通話班，我還爲她報讀了繪畫、太極、芭蕾舞、公文數[7]和色士風[8]的興趣班，每星期各一堂。」

---

4 譚玉瑛：暱稱「譚玉瑛姊姊」，知名電視兒童主持人，是香港人的集體回憶之一。

5 李麗珊：香港著名滑浪風帆運動員，暱稱「珊珊」，一九九六年取得香港史上第一面奧運會獎牌兼第一面金牌（滑浪風帆項目），因此獲得香港媒體冠予的「風之后」美譽。

6 四百萬：二〇〇六年李麗珊爲香港恒生銀行拍攝廣告，廣告中她說出「育大一個孩子需要花四百萬」的名句。

7 公文數：爲「株式會社日本公文教育研究會」的簡稱，是日本一家教育機構。「公文數」則是指公文式的數學教授方法，深受香港「怪獸家長」歡迎。

8 色士風：即台灣的「薩克斯風」。

「色士風？」John震驚地做出吹奏色士風的手勢。

「你跟我老公一樣後知後覺！今時今日，報考名校，懂鋼琴已不會加分，必須像色士風這類的樂器才可以讓面試官留下印象喲！」

「我的天啊！難道我要將兒子訓練成十項全能？」

我不禁陰森地冷笑。

歲月，有人說是一把殺豬刀，我卻說是一面照妖鏡。John和Elisabeth都變成了他們曾經最討厭的「怪獸家長」，我也墮落成連自己也看不起的「德輔道狼人」……

「人若賺得全世界，賠上自己的生命，有什麼益處呢？」益處？有什麼益處？可能就是賠上了自己的生命吧！生命？生命的意義？若必須犧牲自己爲別人而活，我絕不希罕這些虛假的意義！從小父母師長教導我們，求學時努力讀書，長大後努力工作，因爲我們作爲一個人的價値，就是反映於我們每月的薪酬，以及銀行帳戶裡的存款。

「人還能拿什麼換生命呢？」

金錢！絕對是金錢！赤裸裸、花斑斑、血淋淋的金錢！

如果我沒能力爲公司賺大錢，上司會唾棄我，下屬會嘲諷我，我也失去了生命的意義，甚至是生存的意義……

「Phoebe！Phoebe！Phoebe！」

「嗯？」我突然如夢初醒。

「妳不舒服嗎？妳的笑容有點奇怪啊！」

「對不起，今天不停的開會，有點累了……」

「其實，我也差不多了，今日超市大特價，我約了老公掃貨喲！」

「那麼，我們埋單吧！我正好趕車回家陪太太。」

「這一餐，由我請客！」

「不！我們ＡＡ制吧！」

「不！妳剛才只是喝湯，這一餐由我和『靚媽』請妳好了！」

「你們有家室的都不輕鬆！我吃飯可以報銷，不用跟我客氣！」

John和Elisabeth一再多謝我，我禮貌地跟他們道別，但相信不會再有機會跟他們見面了……

翌日，我一回到公司，仍未開市前就遇上了極大煩惱，而且不只一個煩惱！

我共有三個祕書，姑且將她們命名爲祕書Ａ、Ｂ和Ｃ吧！首先是年資最深的祕書

A，她竟然要求放產假，但她根本未結婚！然後是能力最強的祕書B，她竟然給我遞上辭職信！我有理由相信她們是串通的，更有可能是大老闆對付我的前奏。

就像當年我要求大老闆逼走我前男友的套路……

當我煩惱不堪時，輪到年輕的祕書C來找我麻煩了。

「妳會有什麼藉口呢？讓我猜猜，出國升學？出家皈依？或是出寫眞集？」

「Phoebe姊……我……我在有機農莊種的士多啤梨收成了……想跟妳分享……」

我錯愕地望著她。

「我見妳近來沒有食慾，每日午餐只食一客蔬菜沙律……所以打算送妳一些新鮮的士多啤梨……」

「送給我的？幹嘛？」

「施比受更爲有福！願主祝福妳！」

她離開我的辦公室時，仍帶著燦爛笑容，我突然想起當年由我主持的「酒肉團契」的《聖經》金句……

我彷彿看到當年仍然青澀純眞的我。

我嚐了一口她送給我的新鮮士多啤梨，眞的很鮮甜美味！跟平時在超級市場買到的，完全是兩個等級！我突然有一個很瘋狂的想法。

收市後，我向秘書C查詢了更多關於有機農莊的資料。這個有機農莊，竟然就在公司附近，位於鰂魚涌某座工廠大廈的天台上。鬧市中竟然有如此世外桃源，而且近在咫尺，完全在我意料之外。

翌日，我趁午飯時間，獨自前往參觀。

「有機種植是一種按照自然規律來種植農作物的方法，也是讓人類回讓大自然的一個過程。」

有機農莊的負責人Icarus，親切地向我做出簡介：

「我們會避免使用人工合成的化學農藥和化學肥料、基因改造種子，盡量遵循自然規律，採取農作、物理和生物的方法來培肥。」

「培肥？」

「我們熟悉的常規農業，爲了維持高產量，故此使用大量的化學肥料，但按照有機農業的理論，土壤是一個有生命的系統，施肥的首要任務，其實是爲了培育土壤。肥沃的土壤可以自然孕育出微生物，這些微生物正是農作物的最佳養分。」

「有機農業的土壤培肥，其實是一個有趣的三角關係。首先，就是以植物的根、微生物、泥土的三角關係爲基礎，採取綜合措施，改善泥土的物理、化學、生物學特性，協調出植物的根、微生物、泥土的良好關係。」

我看了看天台上生長得健康茂盛的香草和蔬果，包括檸檬、士多啤梨、番茄和辣椒等，就像發現了新大陸一般。

Icarus指了指鮮艷奪目的士多啤梨，溫柔地問我：

「妳想試試我們用愛心孕育出來的好滋味嗎？」

士多啤梨雖然吸引，我卻指了指另一邊的辣椒。

Icarus摘下了新鮮辣椒，放在我的掌心。

「謝謝。」

我拍照後，輕輕咬了一口，果然很辣、很爽。

「我可以再來一條嗎？」

「當然可以！」

Icarus像陽光男孩般地燦爛一笑，給我送上另一條辣椒。

「美食，是上天給我們的恩賜！能夠吃到新鮮蔬果，我們就像回歸了大自然！」

美食，是上天給你們的恩賜！

美男，才是上天給我的恩賜！

翌日，股票市場風起雲湧，公司內也風聲鶴唳。

午飯時間，我雖然未完成手上最緊急的工作，也抽時間去了有機農莊一趟，以查詢入會的細節爲名，其實只是想再見Icarus一面。

Icarus依然很親切，他請我吃了健康的蔬菜火鍋。以杏鮑菇、芋頭、粟米、紅甜椒、茼蒿菜、豆腐和薑片爲主菜的「風味素菜鍋」。

「像妳這樣高薪厚職，日理萬機，可以考慮定期來農莊透透氣，減減壓！」

「根本不是什麼『高薪厚職』，是『高辛厚職』才對！」

我突然想起那個晚上，前男友曾令我捧腹大笑的冷笑話……

「這只是個『高』度『辛』苦，需要妳『厚』顏無恥才能生存的卑賤『職』位。」

「妳貴爲月亮女神，爲什麼要受制於高辛厚職？」

「嗯？」

「古希臘人，稱月亮女神爲Phoebe，就像羅馬神話中的Diana。所以，這個充滿詩意的名字，有如月亮般皎潔的意思。」

「可惜我早已墮落凡間，滿身銅臭。你呢？太陽仍未融化你那雙蠟造翅膀？」

「妳也知道Icarus的意思？」

「我有個從大學時代就很喜歡的女作家，她有個故事，以Icarus爲男主角。」

「這個故事，是大團圓結局？」

「結局……我已忘記了！」我情不自禁地撒了個謊。

因爲我不希望我跟Icarus也像那本小說的男女主角的下場……

翌日，股票市場繼續風起雲湧，公司內更是亂七八糟。

午飯時間，屬於我的私人時間。我刻意關上手機，再來跟Icarus見面。

他似是預知到我會來找他，特別爲我準備了以山藥、牛蒡、紅蘿蔔、秀珍菇、金針菇、當歸、枸杞、紅棗和薑片爲主菜的「養生素菜鍋」。

「妳聽過『蔬菜養生歌』的八句口訣嗎？」

「沒有。」

Icarus手舞足蹈地爲我唸出來：

「預防癌症吃芥菜，強腎補虛吃秋葵。」

「潤膚美顏吃絲瓜，對抗衰老吃蓮藕。」

「菠菜番茄防上火，生菜苦瓜防暗瘡。」

「韭菜芫荽助消化，白色蔬菜可養陰。」

「白色蔬菜？」

「白色蔬菜包括：蘿蔔、椰菜花、百合、山藥等。」

「這八句口訣，不會是你自創的吧！」

「都是傳統智慧，我只是包裝一下。」

Icarus靦腆一笑後，突然轉換了話題。

「當妳擁有屬於自己的有機農莊後，妳最希望栽種什麼蔬果？」

「冬瓜。」

「冬瓜？」

「因爲我最喜歡用冬瓜盅來打邊爐，特別是加了夜香花的八寶冬瓜盅。」

「Cute! You're so cute!」

「我當你是在讚美我吧！」

「妳有沒有想過，」Icarus再靦腆一笑後，轉換了另一話題。「明明是夏天當造，爲什麼會稱爲『冬瓜』？而不是『夏瓜』？」

「說不定，它其實是『東瓜』，東南西北的東。也說不定，冬瓜跌落地下時，發出『咚』的一聲，所以其實是『咚瓜』。」

「冬瓜，眞的別名『東瓜』，又被稱爲白瓜、枕瓜、水芝、地芝、白冬瓜，屬葫蘆科植物，是一年生蔓性草本植物。原產於中國南方，有一千多年的栽培歷史，春種夏收。」

「那麼，冬瓜爲什麼叫『冬瓜』呢？」

「夏天盛產的瓜，成熟時，表面會出現一層白粉狀的東西，就像冬天所結的白霜，所以喚作冬瓜。」

「冬瓜不叫冬瓜，亦無損其芳香。」[9]

「Winter melon, or Summer melon; that is the question.」[10] Icarus又再靦腆一笑。「妳是爲了吃冬瓜盅，所以希望擁有屬於自己的有機農莊？」

「你呢？你究竟爲了什麼要成立這個有機農莊？是愛？還是責任？」

「因爲我找到了生命的意義！」

「生命的意義？這個破爛的農莊？」

「香港人食香港菜，是我一直以來的夢想，也是信念！我希望在借來的時間、借來的地方，進行一場『自助助人，助人自助』的溫柔革命，由這個『破爛的農莊』開始……」

我突然對他有種肅然起敬的感覺。

「星期日，妳有時間嗎？」

「你約會我？」

「我想妳幫我一個忙！」

「嗯？」

「農莊多出來的收成，我打算捐助給有需要的人士。」

我不禁對他另眼相看。這個可惡的男人，竟然利用我對他的好感，轉化成爲免費的勞力？

眼裡只有金錢的我，絕對不會做蝕本生意，但在我完全沒法解釋的情況下，我竟然答應了他……

9 冬瓜不叫冬瓜，亦無損其芳香：改編自《羅密歐與茱麗葉》（*Romeo and Juliet*）中茱麗葉的經典台詞：「名字眞義爲何？玫瑰不叫玫瑰，亦無損其芳香。」（What's in a name? That which we call a rose by any other name would smell as sweet.）

10 Winter melon , or Summer melon; that is the question.：改編自《哈姆雷特》（*Hamlet*）中哈姆雷特王子的經典台詞：「To be , or not to be; that is the question.」。

一陣蔬菜火鍋的香味，讓我從昏睡中甦醒過來。

跟Icarus一起做了大半天義工，我很開心，很久很久沒有這樣開心了！倦極還疑似中暑了的我，隨Icarus回到有機農莊，竟然像回歸了大自然般，解除了自我保護的防衛機制，在微風中沉睡，更作了一個奇怪的綺夢……

「妳已經努力夠了！不用再勉強了！來一起打邊爐吧！」

依依不捨的我，從綺夢中甦醒過來，Icarus仍爲我準備了健康的蔬菜火鍋。這次是以蕃茄、薯仔、冬菇、椰菜花、秋葵、茄子、洋蔥、蒜頭，以及加倍的青椒爲主菜的「五色雜錦鍋」。

「妳聽過『天使海莉』[11]的故事嗎？」

我一邊咬著帶有蕃茄酸甜的辣椒，一邊傻傻地搖頭。

「她雖然只是一個九歲的美國小女孩，卻餵飽了鎮上所有流浪漢，還改變了世界對他們的態度，更啓發了我。」

我點點頭，示意他繼續說下去。

「四年前的某一天，海莉跟母親一起去雜貨鋪，離開時，她遇見了一個坐在路邊，名叫愛德華的流浪漢，當時他已經很多天沒吃飽了。」

「海莉動了惻隱之心，於是問母親：『我可以給他買一份三文治嗎？』請記住，海莉當時只有五歲。」

「愛德華高興得當場落淚，流浪多年的他，很少受到關懷和照顧，但這個小女孩卻給了他溫暖的一大。」

「其後，在同一條街道上，海莉又遇到了另一個名叫比利的流浪漢，他是一個退伍軍人，在戰爭中失去了雙腿。」

「無家可歸的他，令海莉再次動了惻隱之心。先後幫助了兩個流浪漢，母親認眞的對海莉說：『我們並非大富大貴，沒有能力幫助所有人。』但海莉卻充滿自信的回答：『不！我要試試看！』」

「因爲買不起食物，她決定自己動手種植！」

「就像你在天台上的有機農莊種植蔬果？」

「爲了幫助那些無家可歸者，海莉將家裡的後院改造成爲菜園，並學著如何種菜。她開始親自挖地、播種、除草和圍柵欄。沒有種植經驗的她，晚上沒看電視，獨自抱著厚厚的參考書努力學習，之後終於學有所成。」

「當時已經六歲的海莉，將第一批收成的食物，送贈給流浪漢比利，雖然只是半袋胡蘿蔔、大豆和蕃薯，但對於比利來說，卻可能是人生中非常貴重的禮物。」

11 天使海莉：即海莉・福特（Hailey Ford）。

「海莉希望讓更多流浪漢得到飽足，但她家裡的後院實在太小，產量不足夠照顧其他有需要的人，善良的她，慢慢感動了她的鄰居，他們開始幫助海莉，擴大了『海莉菜園』的生產規模。」

「海莉將每一份收獲的食物洗乾淨，然後用袋子裝好，走到當地的貧民區，一個即使大人也會盡量避開的地方，派發給街上的流浪漢，當地的流浪漢很多都非常歡迎海莉，還跟她成爲了朋友，甚至當他們的狗看到海莉時，都會很開心。」

「然而，當海莉餵飽了整個小鎭的流浪漢後，卻發現另一個更嚴重的問題。」

「土地問題？」

「對！正是由土地問題所衍生的，住屋問題。」

我隨手摘下了一條辣椒，就像小孩吃糖果，愉快愜意地品嚐，繼續聆聽Icarus看似隨意跟我分享的故事。

卻是一個對我影響深遠的故事。

「海莉看見有許多人露宿街頭，就對母親說：『他們不應該睡在路邊，每個人都應該有一個家。』妳猜猜海莉母親怎樣回答她？」

「我們不是神！不能解決任何問題！」

「如果妳眞的是『崑崙懸圃』上的『月亮女神』，擁有強大的能力呢？」

「『崑崙懸圃』？這是中國神話？」

「『崑崙懸圃』，也作『崑崙玄圃』，傳說中仙人居住在崑崙山頂。按《楚辭．王逸．哀時命》記載：『願至崑崙之懸圃兮，采鍾山之玉英。』還有南朝梁代文學家劉勰的《文心雕龍．辨騷》記載：『崑崙懸圃，非經義所載。』。」

我完全一頭霧水，只好苦笑不語。

「另有一些傳說，『崑崙』代表了『月亮』，月球為什麼只有一面對著地球？因為古代地球跟月球是相連，由不周山互相連接……」

「夠了！你扯得太遠了！海莉的母親如何回答？」

「海莉的母親告訴女兒：『即使我們可以餵飽這些人，但不可能讓他們都有房子住！』但海莉依然充滿自信地說：『不！我要試試看！』」

「她自己親手去蓋房子？」

「對，海莉開始嘗試著去蓋房子。」

「但她只是一個九歲的小女孩啊！」

「對！雖然海莉只是一個九歲的小女孩，卻拿起刀子，扛起電鑽，為流浪者建一間可以遮風擋雨的小屋。」

「當地某間建築材料公司，知道了海莉的行動後，只收取她一半的建材費用。而她的家人和鄰居也協助她在社區裡進行回收，回收牛仔布和木頭作為建築材料，讓小屋不只可以遮風擋雨，更擁有基本的保暖設施。」

「小屋完成後，一班互不相識的大男人義工，竟然不請自來，幫助海莉把小屋搬到拖車上，送給有需要的流浪漢。海莉決定，她要蓋建更多的小屋，讓街上所有的流浪者們都有一個睡覺的地方。」

「海莉很高興地對她母親說：『我幫助不了所有的人，但是愛可以。』」

他突然峰迴路轉地問我：

「對於日理萬機的妳，每秒鐘幾百萬上落，什麼是『愛』？」

「愛……是恆久忍耐、又有恩慈；愛是不嫉妒；愛是不自誇；不張狂；不做害羞的事；不求自己的益處；不輕易發怒；不計算人的惡；不喜歡不義；只喜歡眞理；凡事包容；凡事相信；凡事盼望；凡事忍耐。愛是永不止息。」

果然是日子有功[12]！我立即閃過《歌林多前書》第十三章五至八節的「金句」。

「如果妳願意用愛去栽種，一定可以得到美好的收成！千萬不要低估一顆種子的力量。」

「你什麼時間有空？我想請你吃晚餐，當是答謝你。」

「妳要抓緊時間了！國慶假期前，我會返回多倫多。」

他口中的國慶，是加拿大的國慶，七月一日。

Icarus突然靦腆一笑。

「我未婚妻在加拿大等我。」

這個可惡但溫柔的男人，輕描淡寫中狠狠地拒絕了我。

就像有機農業的土壤培肥，我們也是一個有趣的三角關係。

但我必須感謝他！他讓多年來迷失的我，再次感覺到「愛」。

這晚，我在獨自回家的路上，看著夜空中一輪皎潔的圓月，突然做了一個決定。

我決定要在鬧市中，開設一個屬於我的，與別不同的有機農莊！

這個農莊，我將會命名爲「崑崙懸圃」。

農莊的格言將會是「施比受更爲有福」。

迷失的我，終於尋找到生命的意義。

我被懷疑是工作壓力太大，也被謠傳是失戀後自暴自棄，向來先發制人的我，毅然辭退了「高辛厚職」，也蒸發了銀行帳戶裡再沒有意義的數字組合，跟一班志同道合的都市農夫合租了彌敦道上那間火鍋店所在的商業大廈天台，將它改裝成有機種植

12 日子有功：在粵語中有長時間積累過後，便會有所收穫的意思。

的小田園。

「你已經努力夠了！不用再勉強了！來一起打邊爐吧！」

我跟附近地區教會的教友，以及從網上召集的義工，定期回饋社會，舉行只限素菜蔬果的「酒肉團契」，將「崑崙懸圃」的部分收成，免費派發給區內的小孩、長者，以及街上的流浪漢。

因爲我的「無私奉獻」，因爲我的「反樸歸眞」，有網友知道了我的「傳奇故事」後，竟然給予我「鮮氣女神」的稱號，我實是受之有愧。

我仍然緊記著Icarus對我的鼓勵。

「千萬不要低估一顆種子的力量。」

同樣道理，也不要低估一餐打邊爐的力量啊！

我終於變回當年那個青澀純眞的小女孩。

我終於再次嚐到回憶中簡簡單單的味道。

崑崙懸圃上了軌道後，我終於再聯絡John和Elisabeth。

「什麼時間打邊爐？崑崙懸圃的有機蔬菜收成了！一起再到我們重遇的火鍋店，

我準備了一個健康美味的蔬菜養生火鍋。」

這正是我被Icarus拒絕後，找祕書C一起試菜並加以改良，由那年夏天的夜香花八寶冬瓜盅蛻變而成的——

八福冬瓜盅火鍋！

〈第四鍋：那年夏天，回憶中的味道……〉完

鍋物介紹
屬於夏天的火鍋：冬瓜盅火鍋

冬瓜盅是以原隻冬瓜作盛器，色香味俱全的特色粵菜。

冬瓜肉鮮嫩柔軟，味道清香，甘淡消暑，清熱降火，是夏季時令湯菜。將整個冬瓜洗乾淨後，削掉頂端約四分之一，呈茶盅狀，挖去瓜瓤，削平蒂部，再將瓜口周圍切成鋸齒紋，有些酒樓更在瓜身上雕花，然後加入喜愛的配料蒸燉。

傳統的八寶冬瓜盅，主要材料有火鴨、瑤柱、腎丁、蟹肉、蓮子、鮮菇、豬肉和火腿，是為「八寶」；近年不斷演變，有的是冬菇、淮山、白果、蓮子等純素菜，有的更加入了雞肉、鮑魚、花膠等名貴材料，製成豐富又有氣派的佛跳牆。然而，無論選用什麼材料，對於內行人，不可欠缺的是夜香花，既可以使冬瓜湯更清香，也具有明目清肝、行氣活血、解毒消腫等功效。

冬瓜盅火鍋，是一款有趣的「鍋中鍋」。以冬瓜盅來打邊爐，既可以品嚐美味的冬瓜盅，也可以在冬瓜盅外的鍋裡涮肉，好食又好玩。冬瓜味道較清淡，爲了吊出它的清新甜味，需要用鮮味較重的湯底，多數會使用排骨、老雞和瑤柱熬煮的老火湯。以冬瓜盅打邊爐時，多數不用夜香花，建議先喝一碗冬瓜湯，食完冬瓜盅內的材料，就將冬瓜切開浸在鍋裡，讓冬瓜慢慢出味，冬瓜肉也吸收了不同食材的味道，昇華至另一境界。

故事內的「官燕松茸海皇冬瓜三層塔」，既是冬瓜盅火鍋的改良版，也可算是加強版。製作上比傳統的冬瓜鍋較簡單，但是材料更豐富，更好食也更好玩！

第五鍋

舊四大天王煮酒論英雄

你聽過「四人夜話」[1]嗎？

據說每逢月黑風高的晚上，一個英國人、一個美國人、一個法國人，以及一個日本人，他們相約共聚在一棟古老大屋，分別說出一段又一段光怪陸離的奇幻故事。

這個同樣是月黑風高的晚上，同樣有四個奇怪的人——一個打扮得像英國紳士，一個留著法國男人的鬍子，一個戴著美國西部牛仔帽，一個擁有像日本人的細小眼睛，他們分別以「英國人」、「美國人」、「法國人」和「日本人」爲代號，自稱「舊四大天王」，相約在這一家充滿傳統特色的火鍋店，一起分享美味的極品肥鵝鍋，一起悼念他們的老朋友……

巨型古風瓦罉[2]的蓋邊冒出蒸氣，祕製的滷水散發出香氣。

---

1 四人夜話：，爲二十世紀七、八十年連載於《明報》的奇情小說，題材多元，被譽爲「成人的童話」。

2 罉：爲廣東、香港一代特殊的食器，外型上有些像砂鍋、土鍋。

「我們一起禱告。」美國人說。

英國人、法國人和日本人，跟隨美國人，一同唸出「二〇二〇香港人對抗武漢肺炎版主禱文」：

「我們在屈臣氏的誠哥[3]，願港人都尊你的名爲聖，願你的口罩降臨，願你的搓手液，放在貨架上，如同放在屋內。

「我們日用的抗疫用品，今日賜給我們，免我們的費用，如同我們免了人的費用。」

「不教我們遇見林鄭，救我們脫離兇惡；因爲口罩，搓手液，消毒紙巾，全是你的貨，直到永遠。阿們！」

禱告完畢，美國人打開瓦罉蓋，只見巨型瓦罉內美食如林，鵝頭、鵝頸、鵝肉、鵝肝、鵝翼、鵝掌、鵝腸、鵝紅、鵝蛋共冶一煲，色香味俱全，令人垂涎三尺。

美國人先食鵝肉，英國人細味鵝紅，法國人同時享受鵝翼和鵝掌，日本人卻拿起湯勺，將滷水盛到小碗，然後恭敬起雙手提起小碗，如同品嚐甘露般一口喝盡。

「喝完也不覺得口乾，用料果然優質天然！」日本人說。

「按照我們那位潮汕火鍋超人的老朋友的偉論，這個嚴選新鮮母鵝的極品肥鵝鍋，擁有第二次生命！先食鵝，再火鍋。打完邊爐，祕裝的滷水還可以二次創作。」英國人說。

「最後用滷水來煮潮州麵線，還是泡飯？」日本人問。

「Why not both?」法國人答。

「我最近聽到一個很有意思的故事。」美國人說。

「說來聽聽吧！」英國人說。

法國人和日本人吃得津津有味，分別以眼神和微笑示意美國人說下去。

美國人一邊吃鵝肉，一邊娓娓道來[4]：

「武漢肺炎肆虐後，某日早上，在一架十四座[5]內，一對貌似母女的婆婆與中年婦女並肩而坐，她們都沒戴口罩，旁人爲之側目。終於有乘客忍不住出聲：『外出要戴口罩啊婆婆』。」

美國人食掉鵝肉，再將另一片鵝肉挾到小碗內。

「中年婦女帶點羞愧地回答：『不好意思，我們買不到口罩……』另一位乘客插

3 誠哥：爲香港首富李嘉誠的暱稱。

4 編註：這個在巴士內分享口罩的故事爲眞人眞事，網路來源爲Facebook專頁「反虎媽俱樂部 Anti-Tiger Mom Club」。

5 十四座：香港小型巴士的代稱，因座位有十四個而得名。

嘴：『無口罩就不要出街啦！』中年婦女更羞愧地回答：『不好意思，不好意思！我們有事要去醫院……』」

「聽到她們要去醫院，其他乘客應該大吃一驚吧！」英國人開始食鵝肝。

「中年婦女連忙澄清：『不好意思，不好意思！我媽媽有腎病，我們去醫院只是洗腎……』」美國人說。

「她們這樣零保護出入醫院，好危險啊！」日本人挾起一串鵝腸。

「都有乘客這樣說，有人勸她們遲些再去醫院，亦有人問：『醫院不派發口罩嗎？』立即有人回應：『哪有？醫護都不足夠呀！』更有人說：『香港應該學台灣徹底封關！』十四座內，開始你一言我一語，就像《城市論壇》[6]。」

「想當日一罩難求，老人家不懂上網留意口罩的最新消息，」法國人同時以鵝頭和鵝頸伴冰凍啤酒。

「就在這個時候，令人感動的事情發生了！一個粗眉大眼大肚腩的中年漢子，從隨身包包中掏出一個密實袋，密實袋內有一個口罩，他很豪氣地說：『我預多了一個替換口罩，送給妳吧！』中年婦女滿面通紅地答謝，隨即接過口罩。」

「果然是『仗義每多屠狗輩』！」英國人再品嚐一片鵝肝。

「就在這個時候，更令人感動的事情發生了！另一個拿著買餸[7]籃的師奶[8]，也掏出一個口罩：『妳媽媽有，妳也要有，否則其中一個感染了就大鑊[9]了！』」

「中年婦女接過口罩後，另一位乘客問她：『妳阿媽每星期要洗幾多次腎？』中年婦女很無奈地回答：『三次。』」

「然後，一人拿一個出來，一人拿一個出來，中年婦女手上已堆滿了十多個口罩。中年婦女熱淚盈眶地說：『夠了，夠了！多謝大家，多謝大家！』」

「乘客們七嘴八舌：『客什麼氣？』、『妳們更需要！』、『我用少一個不會死的！』、『唉，自私無用，一日仍有人確診，一日仍未安全！』、『香港人，守望相助。』、『自己香港自己救！』……」

「就在這個時候，有人好大聲地說：『我話你知，香港人，無事無幹時利慾薰心，但每當有事發生，就是全世界最有義氣！所以我話你知，香港一定不會死！』」

美國人一邊講故事，一邊食鵝肉，煲內的鵝肉差不多被他一掃而空。

「真的很有意思！真的令人很感動！」日本人放下筷子鼓掌。「我突然想起二月

---

6 《城市論壇》（*City Forum*）：香港一個討論議題的直播時事論壇節目。

7 餸：即台灣的「配菜」。

8 師奶：香港人稱呼已婚女是爲「師奶」。

9 大鑊：即台灣的「惹上大麻煩」。

初在日本某小鎮內，一家便利店的口罩售罄，店主在櫃檯貨架上貼了一張白紙，紙上印有的書法詩句[10]。」

「爭不足，讓有餘。」英國人在尋找鵝肉。

「詩句的上下方，分別還有附言和小字。」日本人挾起一片鵝肉。「上方的附言，意思是『沒有下不完的雨，一定會雨過天晴。』而下方小字的意思，則是提醒大家要分享。」

「我也想起一個有關分享的博愛故事。」法國人挾起另一片所剩無幾的鵝肉。

「在香港的？」美國人又食了一片鵝肉。

「在香港的，而且在火鍋店附近。當全城瘋都在搶口罩時，屈臣氏發出『每間分店出售二十盒口罩』的公告，大批市民因此連夜在店家外排起長長隊伍等候，其中在旺角彌敦道分店排頭位的甘先生，凌晨四時已到場排隊，而第二十號籌的王姓青年，就是六時來排隊。」

「和王姓青年同步到達的，還有一位街坊大叔，他們當時排第十五、十六位，怎料有人插隊，他最後變成第二十一位，大叔被屏諸二十位外。但他買到最後一盒口罩後，二話不說從盒中取出一疊口罩送予大叔，人間有情，令人感動。」[11]

英國人筷子與勾子並用，卻仍是找不到鵝肉。

「鵝肉都給你們吃光了……」

「我還有兩片鵝肉，你拿什麼來跟我交換？」美國人問。

「肥美的鵝肝。」英國人答。

「你知道我不吃鵝肝的。」美國人面有難色。

「我用一大串鵝腸，跟你交換一小片鵝肉？」日本人問。

「成交！」美國人爽快答允。

「我再用一片鵝肉，跟你交換一塊鵝肝？」日本人問。

「好吧！」英國人心滿意足。

「我突然想起另一個很勵志的故事。」法國人說。

三人沒有回話，以各自的方式示意他繼續說下去。

「老話一句：書中自有黃金屋，書中自有顏如玉。」

「一本好書，可以爲我們換來什麼『好東西』？」

10 書法詩句：出自日本詩人兼書法家相田光男（1924-1991）作品，原文爲「奪い合えば足らぬ、分け合えばあまる」，上方附有「やまない雨はない、必ず晴れる。」下面小字「みんなで分け合いましょう」。

11 大叔送口罩事件：爲發生在二〇二〇年一月三十日的眞人眞事。

「一間黃金屋？一位顏如玉？抑或是一個更偉大，更影響深遠，也更發人深省的青春夢想？」

「故事發生在二〇〇六年，話說當時二十六歲的加拿大青年凱爾．麥當勞（Kyle MacDonald）成功以一枚萬字夾[12]，透過不斷以物易物，最終竟然夢想成眞，換取了一棟一千一百呎的房子！」

「這個我有一點印象。」英國人滿足地品嚐鵝肉。

「故事應該由二〇〇五年七月十二日開始講起，凱爾．麥當勞忽發奇想，希望透過以物易物，用自己擁有的一枚紅色萬字夾換取更貴重的物品，他定下的目標，就是要換到一棟房子。」

「他在一個交換物件網站刊登他的以物易物啓事，首先在家鄉溫哥華得到兩名女子用一支魚形筆（fish-shaped pen）交換了他的紅色萬字夾，然後他用魚形筆換取奇怪的陶瓷門把，陶瓷門把換取露營火爐，露營火爐換取發電機，發電機陸續換取了許多東西，包含：空啤酒桶、派對包、某啤酒品牌的霓虹燈，以及一次塡滿啤酒桶的承諾的「派對包」，派對包換取一輛二手雪上摩托車。」

「這時候，凱爾．麥當勞的事件被廣泛流傳，更應邀接受電視台的訪問。主持人問他有什麼地方是他不肯親身去進行交換活動時，他的回答是加拿大洛基山脈一個位於卑詩省的偏遠小鎭。結果，有一份雪車雜誌，提出以前往該小鎭的免費旅程來交換他的雪車，但他竟然將這次旅程轉讓給一家公司的經理。不用到該小鎮就換取了一部小型貨車，有趣！」

「更有趣的是，他接下來以這部小型貨車，跟一名音樂人換取了一份多倫多的唱片合約。然後，他又將這份唱片合約出讓給美國鳳凰城的歌手兼鋼琴演奏家喬迪．格南（Jody Gnant），換取免費住在她的複式單位一年。其後，他又換取了跟搖滾歌手艾埃利斯．庫珀（Alice Cooper）共度下午茶時光的機會，更得到一部電影的演出機會。前後經過了十四次交換，他最後如願以償，終於交換到了一棟位於加拿大肯普林（Kipling）小鎮的房子。」

「嘩！厲害！」美國人讚歎。

「肯普林是一個人口老化問題非常嚴重的小鎮，當這個小鎮的發展局長知道了凱爾．麥當勞的故事後，為了吸引人流及旅遊人士，就提議跟他進行交易，希望藉此造成話題，以增加這個小鎮在媒體的曝光率。」

「最後，當地政府決定出錢購買一棟建於一九二〇年代，當時已無人居住的，面積一千一百呎的房子，跟麥當勞達成交換協議後，讓他和女友一起入住。根據專家估

12 萬字夾：即台灣的「迴紋針」。

計，該棟房子當時市值約五萬美元。最有趣的是，凱爾．麥當勞和女友搬進新屋時，當地市民在小鎮上懸掛了一個大型萬子夾，藉此宣揚麥當勞的事蹟，從此這個小鎮也被譽爲可以令人夢想成眞的『萬字夾小鎮』。」

「這個是日本童話故事《稻草富翁》的現代版。」日本人說。

「《稻草富翁》？」英國人說。

「故事描述一位窮人，從最初拿到的一根稻草，經過不斷的以物易物，最後成爲大富翁。在《今昔物語集》和《宇治拾遺物語》都有這故事的原裝版本。」日本人說。

「這個《稻草富翁》現代版的故事，値得我們好好反思……」美國人說。

「近年潮流減廢，崇尚環保，這樣的意識和氛圍，便讓以物易物的活動及網站大行其道。早前就有一個女大學生，參加領袖活動時曾進行以物易物，以一包紙巾開始，起初只是一換一，直至第四、五次，開始有人用多於一件東西跟她換，慢慢物品數量以幾何級上升。」

「紙巾換了飛行棋，飛行換了數件文具，她再將文具分拆交換……最後竟然換到其他文具、飾物、玩具、電話套、甚至電器等合共六十多件物，當中竟然包括直立式風扇，以及固網電話，最後這些物品，全數回饋社會，捐贈社區有需要的人士。」

「老話一句：己所不欲，勿施於人。」

「現時最新的版本：己所不欲，物施於人。」

「有份參與這個『以物易物』活動的街坊和朋友，將自己用不著的物品，跟別人交換，一個看似微不足道的小動作，讓他們都成爲了慈善家，你說是不是很勵志呢？」法國人說。

「如果眞的很勵志，安居樂業，他應該可以換到一間屋回來吧！」美國人說。

「安居，不等於樂業！爲了樂業，隨時難以安居！」日本人說。

「你的說法，有點么，也有點禪！」英國人說。

「我早前看過一段大學生拍攝的鮮浪潮[13]電影，是一個大團圓結局的故事，大家有興趣嗎？」日本人說。

「說來聽聽吧！」英國人說。

「男主角家樂，大學修讀設計，自從祖父過世後，他搬回家，跟祖母在從少長大的唐樓[14]一起居住。偶爾會請朋友回家，在天台ＢＢＱ，生活也頗寫意，只是……」

「家樂大學畢業已兩年，任職初級室內設計師，但老闆爲了節省成本，竟然叫家樂開設一間無限公司，以公司的名義來接工作；家樂年少創業，更因爲社長身分而沾

---

13 鮮浪潮：由香港藝術發展局主辦的短片競賽及國際短片展。

14 唐樓：由華人建造、使用的樓房，爲香港特別的城市風景。

沾自喜，但當他發現收入不穩定，還愈來愈少，開始有點後悔。」

「安怡是家樂的好友，二人在大學時代認識，家樂回老家前，他們一起同居，彼此感情要好，但她受到家人的壓力，必須要在家樂置業後才可結婚，因此不斷逼迫家樂買樓，二人感情開始出現危機。」

「大榮本是地盤的判頭[15]，但因爲炒樓而欠下巨債，結果虧空公款而被辭退，妻兒都離他而去，走投無路之下，只得加入『繁榮地產』，以合法的方法強逼舊樓業主賣出單位，成爲人見人怕的惡魔判頭。」

「繁榮地產的魔爪，終於伸至家樂及其祖母居住的唐樓，他們軟硬兼施，除了有現金賠償，也提供搬遷優惠等，但業主們都興趣不大，他們立即利用傳媒，以什麼『發展就是硬道理』、『地產業是香港經濟繁榮的支柱』爲藉口，指責這些業主只爲了一己私利，影響同區其他樓盤的價值，同時也派出大榮，以停電、停水、鎖門、放濃煙假裝火災，以及捉走業主的愛犬等手段，進行不同程度的要脅……」日本人說。

「等等，這樣的故事，竟然會有大團圓結局？」法國人說。

「其他住客都怕了大榮的惡毒招數，一一被逼遷走，家樂也勸祖母及早搬走，但她在這個單位和社區居住多年，充滿了她和丈夫的快樂回憶，怎樣也不肯離開。她一句『我現在生活得好好的，爲什麼要改變呢？』感動了家樂，家樂決定要好好守護祖母，以及她喜歡的生活模式。」

「一眾好友都支援家樂，就連安怡也來幫手，她甚至發動網民在唐樓外聲援家樂，聲討地產霸權。家樂跟人榮互相鬥智鬥力，開始惺惺相惜。陳老太在煲湯時，更會預一份給大榮。」

「某夜，大榮打算滋擾家樂之時，竟收到銀行的追債電話，他在同區的某個單位已斷供三個月，再不供款就會被銀行收樓，家樂因此明白大榮也是地產霸權的受害者，家樂更以大榮為例子，向安怡說明即使買了樓也不一定可以安居樂業，安怡慨嘆也是受到母親逼迫，她明白家樂買不起房子，但又很愛他，內心也非常苦惱。」

「就在這時，陳老太竟然提出一石三鳥的好辦法！」日本人說。

「竟然有一石三鳥的好辦法？」美國人說。

「陳老太願意用繁榮地產的賠償，加上自己過去的積蓄，以家樂的名義，買下大榮在同區的單位，這樣她可以繼續留在原區居住，繼續自己喜歡的生活，大榮也可以暫時解除供樓的壓力，不用再為繁榮地產工作，但更高興的是安怡，她終於可以跟家樂結婚了！大團圓結局。」日本人說。

說罷，日本人拿起勺子，從鍋中撈起巨大的鵝蛋。

---

15 判頭：即台灣的「承包商」。

「這樣的大團圓結局，我眞的笑不出聲。」英國人說。

「至少，男主角已擁有物業，總算可以脫離廢青的行列。」日本人說。

「人的價値，究竟是以什麼來衡量？」法國人說。

「成績？人工[16]？品德？友情？還是能選擇屬於自己的路的自由？」美國人說。

日本人熟練地將大鵝蛋一分爲四，跟老友分甘同味，一起挑戰膽固醇後，美國人開始第二階段，分別在鍋中加入青菜、豆腐和金針菇。

「一切問題，其實都是土地問題。」英國人說。

「溫飽權和居住權，應該都是基本人權！」法國人說。

「只要『居者有其屋』[17]、『人人有樓住』，一切問題，就眞的不再是問題？」美國人問。

「好奇一問，大家會如何安慰或鼓勵買不到房子的年輕人？」日本人說。

「我會這樣反問他們：你寧願被困蝸居中？抑或擁有海闊天空？」法國人說。

「你的說法很有趣，卻很有問題。」日本人說。

「怎樣很有趣？怎樣很有問題？」法國人說。

「他們買不到蝸居，同時也不會擁有海闊天空，你的說法，只是一種『精神勝利法』！」日本人說。

「那麼，你會怎樣說？」法國人說。

「我們都是天地的過客，很多人和事，我們都不可作主，一切，只好，隨緣！」日本人說。

「其實，你只需要講最後兩個字。」英國人說。

「隨緣？」日本人說。

「隨緣！」英國人說。

「我覺得做人不應該隨緣，天助自助人！我們不能幫助每個人，但每個人都可以幫助別人！」美國人說。

「命運，不是決定於你的人生遭遇，而是決定於你對待人生遭遇的態度。」法國人說。

「因爲在乎，所以痛苦。因爲懷疑，所以傷害。因爲看輕，所以快樂。因爲看淡，所以幸福。」日本人說。

「平凡是福？」英國人說。

---

16 人工：即台灣的「薪水」。

17 居者有其屋：居者有其屋計畫（Home Ownership Scheme）簡稱，也可稱爲「居屋計畫」或「ＨＯＳ」，爲香港的資助出售房屋計畫之一。

「平凡是福。」日本人說。

「難道你甘心平凡一生？」美國人說。

「人生，本來就是一無所有。既然沒有，就不會失去。」日本人說。

「生命有壓力，才會有奇蹟！」美國人說。

「我認識一位值得我們尊敬的義工，他是一個不願當校長的教育家！他眞的在壓力下創造了奇蹟！」法國人說。

「說來聽聽吧！」英國人說。

「他的教學理念在崇尚精英教育的香港相當非主流，曾經身爲校長的他年薪百萬，但爲了教導有需要的邊緣學生，毫不猶豫將高薪厚職辭掉，跑去做貼錢買難受的義務教師。大多教師都希望以教名校、好成績來肯定自己的成就，陳校長卻堅持有教無類，而去服務別人不願意接觸的問題學生。」

「早在中三時，就讀名校皇仁書院的他，已立志爲人師表，這不僅因爲他出生在教育世家，父母及外祖父都是從事教育，更重要的是，他從小就有一個關於學習的差學生情結。」

「一九六八年，正值文革時期，他在中國內地出生，十一歲移民香港。當時內地移民要在香港找學校讀書就很難，好不容易有學校接收，他卻因爲不懂英文，默寫零分，被老師當眾辱罵：『你這個內地仔來香港讀什麼書，回去啦！』這件事對他的心理造成了極大衝擊，也爲他未來有教無類的教學理想埋下了種子。」

「多年之後，他從香港浸會大學畢業後，隨即擔任中學教師、主任、副校長，二○○三年，他三十五歲，就出任了一間直資[18]學校的創校校長，是香港當時最年輕的中學校長，其後更躋身『本港十大中學校長』之列。」

「他有別於主流的教師，他堅持人人可教。非常關注那些來自基層的家庭，以及像自己那樣的內地來港學生，這些邊緣學生因爲家庭和經濟的緣故，往往學習動力不強，最終甚至因爲交不起學費或鬧事而失去學習機會。」

「他一心想讓每個學生得到公平的教育機會。然而，他發現即使當了校長，仍然對很多事情無能爲力。比如有的學生在學校打架，家長們會向學校持續抗議施壓，這些行爲會直接影響學校招生，迫使學校不得不將問題學生開除。他不喜歡行政工作，最喜歡與學生交流，打球、排舞、戲劇，玩得不亦樂乎，老師看不過眼，勸告他：『校長你不可以這樣』！」

「過了六年，親眼目睹需要幫助的學生逐一被趕出校卻無能爲力，他無法再忍

18 直資：爲「直接資助計畫」（Direct Subsidy Scheme）簡稱，此教育資助計畫目的在於促進優質私立學校的發展，提供學生更多選擇。

受，終於憤怒了。二〇〇九年九月，他毅然辭職，決定開設一家公益補習社。」

「他創立的『陳校長免費補習天地』，是全港首創的免費輔導組織，專門爲中途輟學、有學習障礙、綜援[19]家庭、南亞裔和內地新來港的青少年，提供免費補習服務。起初，他的補習社在土瓜灣某工廠大廈內，雖然設施陳舊，桌椅、書櫃，甚至空調都是撿回來的，但因爲他的無私奉獻，學生及義務教師的人數不斷增加，至今已累積協助逾五千名基層學生，並招募了五千名義務教師，以免費一對一的方法，教導不同程度的學生。『麻辣俠侶』的唐十三，正是其中一位義務導師！」

「二〇一一年，他又成立平等機會教育慈善基金，主力三方面發展：免費一對一補習、戲劇補習教育和出版《新少年雙月刊》。二〇一三年七月，佐敦分社開張，補習天地增加了不少服務範圍，包括遊戲學習班、樂器學習班等，仍是全部由義務教師免費教授。」

「辭職這些年來，陳萪沒有了百萬年薪，只靠寫專欄幫補家計，連帶家人的生活品質亦大幅下降。任職海關高級督察的太太，就成爲了家庭經濟支柱，租住平價宿舍，三個仍在求學的仔女也要省吃儉用。然而他卻不以爲苦。『不喝咖啡喝奶茶是個選擇，你不能說自己犧牲了一杯咖啡。辭職不是犧牲，只是我選擇這種生活。』」

「二〇一六年，他的太太因癌症復發而離世。他在接受訪問時表示：『沒有她的理解和支持，我不可能有辭去中學校長的勇氣。』雖然經歷了喪妻之痛，家庭更失去了經濟支柱，他卻沒有意志消沉，他的教育熱誠也沒半點消磨，他正準備在大嶼山建立一間眞正因材施教的一條龍宿舍學校，期望在二〇二〇年創校，以改變現時的教育制度。」法國人說。

「成功，就是將別人無法堅持的事情，堅持繼續做下去，而且做得比別人好。」英國人說。

「仍然會相信，這裡會有想像……[20]」日本人說。

「我們敬你朋友一杯！」美國人說。

「陳校長的勵志故事，讓我想起早前看過的一段新聞報導。」日本人說。

「說來聽聽吧！」英國人說。

「回收塑膠、廢紙和鋁罐，大家常有聽聞，回收木卡板[21]卻不多，網上有調查指香港每日棄置約六百噸卡板，你或許會問：爲何運輸公司不重用卡板？因爲運送貨物後要將卡板回收再用，物流成本太高，所以卡板大多數都是用完即棄，最後送去堆填

19 綜援：爲「綜合社會保障援助計畫」（Comprehensive Social Security Assistance）簡稱，縮寫爲「CSSA」，是一項社會福利補助計畫。

20 仍然會相信，這裡會有想像：出自電影《哪一天我們會飛》同名主題曲歌詞。

區，非常浪費。」

「有三個志同道合的九十後青年，Sophia、Sunny和Billy，他們以眾籌方式創立的ReclaimiNation，回收木卡板製作成凳仔，實行救得一塊得一塊。」

「其後，加入了兩名新成員Don和Woody，五個人都是修讀有關設計及工程等學科，雖然不是專業木工，卻因爲這個計畫而開始了卡板創作。」

「木卡板其實可以用來做很多東西，但因爲尺寸所限，他們選擇了製作家用木凳，並且歡迎其他有心人參與進行這個計畫，一起學習做木凳的知識，然後將做好的木凳捐贈慈善機構，令大家知道木卡板的再生價值！」日本人說。

「人盡其才，地盡其利，物盡其用，貨暢其流。」[22] 法國人說。

「陳校長沒放棄任何一個人，這五個小伙子也沒放棄任何一個物件。」日本人說。

「他們都沒有放棄這個城市！」英國人說。

「希望這個城市沒有放棄他們吧！」美國人說。

「每個人都有千萬個藉口去放棄，但只需要一個堅持下去的理由，就是你希望成功！」法國人說。

「咦？老闆回來了？」美國人說。

「這麼齊人？噢！今日是紀念日！」老闆說。

「每逢月中，我們都會相聚一刻，紀念我們的老朋友。」日本人說。

「老闆，你手上的蔬菜，比我們剛才吃的更新鮮啊！」英國人說。

「這些都是我剛剛從天台上的有機農莊新鮮採摘的。」老闆說。

「鮮氣女神嗎？你那個熟客，早已是城中紅人了！」法國人說。

「因爲得到你的鼓勵，鮮氣女神毅然辭去銀行的高薪厚職，追尋當一個都市農夫的夢想，有沒有人知道你是她的啓蒙老師？」美國人說。

「我也不算什麼啓蒙老師！我們大家相遇在獅子山下，總算是歡笑多於唏噓[23]。而且，我有用實際行動支持她的有機農莊啊！」老闆說。

「我們敬老闆一杯！」美國人說。

「不！先敬我們的老朋友一杯！」老闆說。

「我們敬香港人一杯！」美國人、英國人、法國人、日本人，跟老闆一起舉杯。

〈第五鍋：舊四大天王煮酒論英雄〉完

---

21 木卡板：即台灣的「木棧板」。

22 人盡其才，地盡其利，物盡其用，貨暢其流：爲孫中山提出的救國四大綱領。

23 我們大家在獅子山下相遇上，總算是歡笑多於唏噓：出自經典粵語歌曲〈獅子山下〉歌詞。

鍋物介紹
鏞記四樓的「一品至尊鵝煲」

故事裡的極品肥鵝鍋，是我參考了中環米芝蓮（米其林）一星名店鏞記酒家的「一品至尊鵝煲」而創作的。

鏞記創辦人甘穗輝先生在生時，我有幸經常隨前輩到訪鏞記四樓ＶＩＰ樓層的蘭亭閣，享用一品至尊鵝煲等名菜，更獲贈甘穗輝先生祕製的董事長腐乳。

鏞記以燒鵝聞名，堪稱香港的「鵝王」！鏞記酒家的一品至尊鵝煲，看起來很簡單，鵝血入口水滑而味濃，味道充滿豐富的層次感，吃過的朋友一定難以忘懷。

鵝煲本是粵菜中的一味家常菜，但鏞記一品至尊鵝煲卻是材料豐富，由鵝頭、鵝頸、鵝肉、鵝肝、鵝腎、鵝腸、鵝紅、鵝翼、鵝掌等共冶一煲，味道只此一家，重點是鏞記自家調教的潮式滷水汁，色香味俱全。由頭到腳，連骨帶肉，總有你喜歡的部位，大家都吃得津津有味，是一味與親友同歡的開心菜。我最愛味濃且嫩滑的鵝血，鵝肝、鵝腎和鵝腸等內臟也不會錯過，較多人喜歡的鵝肉，無論是鵝胸肉或鵝髀肉，都不是我的那杯茶，有前輩曾讚賞我「古有孔融讓梨，今有何故讓鵝」。

我創作的極品肥鵝鍋，保留了以巨型瓦罉盛載豐富美食，在鵝頭、鵝頸、鵝肉、鵝肝、鵝腎、鵝腸、鵝紅、鵝翼和鵝掌以外，特別加入了鵝蛋。而且，正如「生命有Take 2」，極品肥鵝鍋也有after taste，食完鵝，加入上湯打邊爐，在鍋中加入青菜、豆腐、金針菇等，沒有浪費鵝煲的靈魂所在——愈煮愈美味的滷水汁。

第六鍋

愛在煙霧瀰漫時

剎那間的愛情，在這家火鍋店開始。
錯綜複雜的關係，源於一鍋皮蛋莧菜湯。
愛，在煙霧瀰漫時……

皮蛋篇

「皮蛋莞茜鍋？」

「莞茜皮蛋鍋。」

「是皮蛋莞茜鍋！」

「不！是莞茜皮蛋鍋才對！」

這個總愛無理取鬧，堅持是「莞茜皮蛋鍋」而不是「皮蛋莞茜鍋」的丫頭就是香菜。

我和香菜是青梅竹馬，彼此的父母是好友，當年他們看了金庸名著改編《射雕英雄傳》電視劇後，幾乎要我們指腹爲婚。

我們都住旺角區，幼兒園、小學、中學都是同班同學，更曾合演過兩次《羅密歐與茱麗葉》，她飾演茱麗葉一次，另一次反串羅密歐，而我則兩次都是勞倫斯神父。

「香菜」當然不是她的眞名，只因爲她的名字有一個「香」字，加上她喜愛日本動漫，所以替自己取了「香菜」這個有趣網名。

「皮蛋」也不是我的眞名，但因爲我小時候膚色較黑，身型較肥胖，香菜說我像一顆大皮蛋，「皮蛋」就成了同學們給我的花名。正因爲被這丫頭取笑，我開始努力鍛鍊身體，現在已換上一身古銅色肌膚，配一百八十公分身高的運動員健碩身材。

我自問不是塊讀書的料，所以在中學畢業後，就選了我的理想職業，開始在波鞋街[1]的老牌運動用品店工作。努力多年略有所成，雖然仍未儲蓄到買房子的首期，但我總算是鼎鼎大名的「麥花臣C朗」[2]，還有不少粉絲的啊！

在這個生活成本最高的城市，不要說是生活，就算是生存，也不容易。

另一方面，香菜成功考入了她喜歡的大學，入住了她喜歡的宿舍，從此我們天各一方，只有在農曆新年或聖誕等重要節日才有機會見面。

直至香菜畢業後，她找不到喜歡的工作，就在附近的二樓書店[3]當兼職，我們再續前緣，經常相約在下午茶的特價時段吃午飯，就像回到了當年求學時代。

只可惜，香菜當兼職的二樓書店，突然賣盤換了新老闆，香菜隨即失業了。

失業後，香菜決定重操故業當補習老師，但她仍沒有放棄開書店的夢想。

某個晚上，我和足球隊的隊友比賽後，來到這家充滿特色的火鍋店吃宵夜，香菜剛巧未吃晚飯，就請她來一起打邊爐，品嚐這裡有名的花膠雞湯，怎料——

香菜竟然遇上她的初戀！

香菜竟然對膚色白皙且帥氣的侍應阿東一見鍾情！

「多謝光臨！妳要訂枱就找我啦！」

阿東親切的態度、燦爛的笑容，令香菜無力招架，完全失去了理智。

一直沉迷在文學的世界，香菜在大學多年也沒有拍拖，她曾說她要談一場像《羅密歐與茱麗葉》的戀愛。當時我不明白，現在更不明白。

爲了接近阿東，香菜強逼我陪她再來這裡打邊爐。爲了讓阿東留下深刻印象，她刻意不選鎮店之寶花膠雞湯，反而點了——

「芫茜皮蛋鍋，多芫茜，少皮蛋。」

我仍記得阿東當時的反應，眞的很搞笑，但我完全笑不出來……

「皮蛋芫茜鍋。」

「芫茜皮蛋鍋。」

「是皮蛋芫茜鍋！」

---

1 波鞋街：「波鞋」即台灣的「運動鞋」或「球鞋」。「波」的粵語發言和英文ball讀音相近。香港人將旺角登打士街至亞皆老街之間的花園街稱爲波鞋街。

2 麥花臣Ｃ朗：麥花臣，即麥花臣遊樂場（Macpherson Playground），是位於油尖旺區的露天運動場地。Ｃ朗，即葡萄牙球星Ｃ朗拿度（Cristiano Ronaldo），台灣習慣譯爲「Ｃ羅」。

3 二樓書店：泛稱香港那些不在商場內，也不在一樓的書店。它們選擇開在樓層較高處，是因爲房租相對低廉。

「不！是莞茜皮蛋鍋才對！」

「妳等會問問阿東，他會叫『皮蛋莞茜鍋』？還是『莞茜皮蛋鍋』？」

「兩位客人，這個湯底，我們通常會叫『下火』。」

就在我倆如常地爭論時，阿東已靜悄悄地，笑容燦爛地，爲我們奉上多莞茜、少皮蛋的湯底，以及其他火鍋食物。

「您好！我叫香菜……」香菜一邊尷尬苦笑，一邊介紹自己。

「原來妳叫香菜，這樣就是『莞茜皮蛋鍋』了。兩位，請慢用。」

香菜滿臉通紅，向我展露出幸福的笑容，我卻有種莫名其妙的不服輸感覺……

這晚客人很多，阿東忙得不可開交，香菜只能跟他聊幾句，她強逼我要陪她再來一次。

眞拿她沒法！

上次我倆一起打邊爐，表現得像一對歡喜冤家，香菜擔心阿東誤會我倆的關係，今次改爲兩男兩女的陣容。

「一皇三后不可以嗎？」

「你想得美！」

「也可以三皇一后啊！」

「我不想東東王子誤會我是一個隨便的女孩子……」

看見香菜一臉少女矜持，我突然有一種難以解釋的不爽感覺……

爲了進行第二階段的「東東王子愛作戰[4]計畫」，我拜託好兄弟Marty幫手，香菜則找來她的網友豆腐。

「她是豆腐，在山東街那邊的珠寶店工作。」

豆腐用日文再自我介紹一次，然後煞有介事地補充一句。

「我和香菜是『仲間』。」

「仲間？」我好奇一問。

「比『友達』更『友達』的『友達』！」豆腐夾雜中文和日文的解釋。

「Hello! I'm Marty. The Best Friend of Lawrence!」Marty突然用英文自我介紹。

「The Best Friend？」豆腐偷笑

「Lawrence？你什麼時間改[5]了這個奇怪的英文名？」香菜忍笑。

「公司要求嘛！寫在名牌上。」我白了香菜一眼。

「妳平時怎樣叫他的？」Marty用像老朋友的口吻問香菜。

---

4 愛作戰：二〇〇四年香港電影《愛．作戰》上映後，「愛作戰」一詞成爲香港的流行用語。

5 改：即台灣的「取（名）」。

「皮蛋！又黑又圓的大皮蛋！」香菜終於忍不住笑了出來。

「這樣，你的英文名可以是『Pitan』啊！」

Marty和香菜一起大笑，我突然有點不快。

「哼！妳要小心這傢伙！他是西洋菜南街幾間藥房的無良合夥人，綽號『MK黃老邪』[6]！」

「我只是一個小小股東，現時仍然努力爲業主打工，我的夢想是擁有屬於自己的桃花島。」

「Marty？」豆腐突然偷笑。「馬蹄？」

「中學時，上英文堂要改英文名，Miss本來向我建議『Martin』，但我覺得太多『Martin』，所以特別爲自己選了『Marty』，這是一個跟羅馬神話的戰神Mars有關的名字！男人來自火星，是否很酷呢？」

「『馬蹄』更一級棒！」豆腐突然雙眼發光。「『皮蛋』與『馬蹄』，一黑一白，一軟一硬，絕配！」

「對不起，她是一個腐女。」香菜代豆腐向Marty道歉。

我也略懂日本動漫，但豆腐和我所認知的，只喜歡男男戀愛和情慾的腐女，完全是兩回事，結果我犯下了人生最大的錯誤……

「等等，皮蛋怎可以跟馬蹄相提並論？」Marty皺眉。「在二〇一一年的六月底，

ＣＮＮ美國有線電視新聞網的報導中，皮蛋是最令人作嘔的食物之一，而且排在第一位。」

「我就非常討厭吃皮蛋！」香菜向我吐舌頭。

「我也非常討厭吃芫茜！」我向香菜做鬼臉。

「我非常喜歡吃皮蛋和芫茜！」豆腐偷笑。「其實，皮蛋和芫茜才是絕配！簡直是臭味相投。」

「誰跟他臭味相投？」香菜向我做了一個誇張的鬼臉。

「皮蛋一點也不臭！」我向她回敬一個更誇張的鬼臉。

「我們今晚點什麼湯底？」Marty問香菜。

「皮蛋芫茜鍋！」

「芫茜皮蛋鍋！」

看著我和香菜異口同聲，豆腐突然臉色一沉。

「大家都是食物，不用分那麼細。」Marty嘗試爲我們打圓場。

---

6 ＭＫ黃老邪：ＭＫ爲旺角（Mong Kok）的簡稱；黃老邪則爲武俠小說《射雕英雄傳》中的重要角色黃藥師，外號是「東邪」或「黃老邪」。

「皮蛋是皮蛋，芫茜是芫茜！」香菜白了Marty一眼。

「對就是對，錯就是錯。」我對Marty深表遺憾。

「所以是『芫茜皮蛋鍋』！」香菜神情堅決。

「絕對是『皮蛋芫茜鍋』！」我也寸步不讓。

Marty笑著爲我們鼓掌，豆腐的臉色卻更深沉。

阿東剛巧行近，我立即向他舉手，示意我們要點菜。

「咦？妳又來了！還是芫茜皮蛋鍋？」阿東認得香菜。

「對！芫茜皮蛋鍋！不是皮蛋芫茜鍋！」香菜向我示威。

「多芫茜？少皮蛋？」阿東的笑容燦爛。

「你記得我的口味？」香菜突然紅了臉。

「妳是特別的客人。」阿東的笑容更燦爛。

香菜陶醉時，豆腐卻對阿東不客氣。

「我要一碟頂級手切肥牛！不好吃的話，我會上網給你負評！」

「好的！我先爲妳準備湯底，再給妳一碟好吃的頂級手切肥牛！」

阿東離開後，氣氛突然有點尷尬。

「不如我們玩一個跟打邊爐有關的心理測驗吧！」Marty問香菜。

「不會是那些吃什麼食物代表什麼性格的無聊心理測驗吧！」豆腐插嘴。

「是醬料。」

Marty微笑，繼續望著香菜，香菜卻仍在遠遠看著阿東。

「聽來很有趣啊！」

我不想氣氛繼續尷尬，示意Marty開始心理測驗。

「打邊爐時，大家曾選擇什麼樣的醬油的配料？有四個選擇：A、醬油配蔥花；B、醬油配辣椒絲；C、醬油配蒜蓉；D、只是醬油，不加配料。」

「我選擇E。我聽從老闆的建議，打邊爐不加醬料，品嚐食物的鮮味！」

豆腐突然對Marty不太友善，我立即嘗試打圓場。

「我選擇A。」

「我選擇B。」Marty稱呼了香菜的日文名字。「Kana-san，妳呢？」

「我不喜歡蔥花、蒜容和辣椒絲，可以加XO醬嗎？如果不可以，D吧！」

「Tofu-san，妳呢？」Marty也稱呼了豆腐的日文名字。「妳會如何選擇呢？」

「C！豆腐喜歡吃蒜頭的！」

豆腐正打量著我，無視Marty，香菜代她回答。

Marty微笑，親切地向香菜慢慢解釋。

「這是一個有關大家脾氣的心理測驗。」

「如果你選擇A、醬油配蔥花，代表你是一個好人，你不會拒絕別人，甚至會犧牲自己去成就別人。」

「如果你選擇B、醬油配辣椒絲，代表你是一個講道理的人，希望能能夠透過協商，獲得共贏方案。」

「如果你選擇C、醬油配蒜蓉，代表你是一個敢愛敢恨的人！人不犯你，你不犯人！踩到你底線的都不會有好下場。」

「如果你選擇D、只是醬油，不加配料。代表你是一個懂得控制情緒的人，體貼又善解人意，習慣將眞感情藏在內心。」

「一點都不準確。」豆腐不留情面地說，她果然敢愛敢恨。

「心理測驗，只是一場遊戲。」Marty卻一笑置之。

「你知道這個心理測驗爲什麼不準確嗎？因爲這不是由你原創的。」

「嗯唔。」

「你是從網上找來的，原來的版本來自台灣。」

「嗯唔……」

「但我欣賞你稍作修改，或臨場發揮，將本來的台式沙茶醬改爲我最愛的蒜蓉。」

「嗯唔！」

「可惜，如果你知道這四個選擇，其實是呼應四種血型，將會更有趣！」

「嗯唔？」

「豆腐……」香菜嘗試勸阻豆腐。

「原來如此！Tofus Sensei，我敬妳一杯！」Marty的氣量令我佩服。

「斯咪嗎些，給我來半打冰凍啤酒！」豆腐偷笑後，豪氣地落單。

想不到豆腐除了是腐女，更是肉食女，甚至是「女漢子」。

阿東爲香菜奉上莞茜皮蛋鍋。在煙霧瀰漫中，我凝視著望著阿東的香菜。

有魚有肉的豐富火鍋後，愛作戰計畫開始前，豆腐突然用日語說了句「感謝款待」。

「我先走了。」

香菜向我打眼色。

「我送妳去坐車。」

「你不要後悔。」豆腐突然冷冷地對我說。

這夜過後我很後悔。眞的很後悔。我不該離開火鍋店，不該離開香菜身邊……

豆腐篇

離開火鍋店後，我們來到熙來攘往的彌敦道。

路過某中資銀行時，看見門外已圍上了木板，木板上貼滿近期社會運動相關的漫畫文宣，就像一面展覽牆。

「我想行一轉信和[7]，一緒[8]？」

「好啊！」皮蛋雖然面有難色，卻也答應了我的無理要求。

我和他朝車站的相反方向，一起行往信和中心，沿途我們並沒有對話。

當我準備沿扶手電梯往樓上時，他猶豫了好一段時間，終於開啓話題。

「妳是來買漫畫書？」

「我只是隨便逛逛。」

「妳不是趕著回家？」

7 信和：即信和中心，位於旺角，販售精品、日本動漫與遊戲等商品的商業大廈。

8 一緒：在日文中有「一起」的意思。

「我只是不想留在火鍋店。」

「妳不喜歡打邊爐？」

「你可以幫我一個忙嗎？」

「當然可以！」

「我要跟香菜絕交！」

「什麼？妳剛才說什麼？」

「我說，我要跟香菜絕交！」

「爲什麼？妳們不是仲間嗎？」

「只因爲我們是仲間，我必須跟她絕交！」

「妳不喜歡皮蛋芫茜鍋？」

「太清純了！就像初戀，令人噁心！」

「妳也不喜歡吃芫茜？妳爲了芫茜而跟香菜絕交？」

「因爲香菜欺騙了我！」

「她欺騙了妳來陪我們打邊爐？」

「香菜跟我說，你是ＧＡＹ！」

「這丫頭！抱歉，讓妳失望了……」

「香菜跟我說，你帶來的仲間，是你的另一半！」

「抱歉，但妳可以細聲一點嗎？」

「香菜還跟我說，她和你只是青梅竹馬！」

「我們真的是青梅竹馬……」

「但實情並非如此！」

「對！她是我命中宿敵！」

「你喜歡香菜！」

「什麼!?」

「你喜歡香菜！」

「我……怎會喜歡她……」

「你的眼神出賣了你！特別是香菜凝望著阿東，而你偷看著她的時候。」

「妳……請細聲一點！妳誤會了……」

「我沒有誤會！腐女對愛情的直覺，是最靈敏的！」

「我……我不知道怎樣跟妳解釋……」

「你不用跟我解釋，你只需要勇敢地出櫃就可以！」

「我不是ＧＡＹ，不用出櫃……」

「只需要勇敢地面對自己，即使不是ＧＡＹ，也可以出櫃！」

皮蛋突然變得沉默。

勇敢地面對自己，對於很多人，都不容易。

「不如這樣，妳繼續逛，我先離開。」

行行重行行，我們來到一間夾公仔店。這個位置，曾經是一間二手漫畫店。

皮蛋跟我告別時，店內其中一部夾公仔機，吸引了我的注意。

我竟然看見夢寐以求的肥牛抱枕！

「你剛才答應了，幫我一個忙。」

「可以之後再幫妳嗎？」

「如果你今晚不幫我，我立即跟香菜絕交！她一定會很傷心！一生一世都不會原諒你！」

「妳打算用香菜來威脅我？妳們果然是仲間！」

「你幫了我，其實等於幫了自己！」

「妳想我怎樣幫妳？」

「我想要這個肥牛抱枕！」

「如果我幫妳夾到這個肥牛抱枕，妳就不會跟香菜絕交？」

「約束！」

然後，我從錢包慢慢掏出一張百元鈔票給他。

「我出錢，你出力！」

皮蛋第一次失敗了，第二次也失敗，第三次同樣失敗了，但他引來不少圍觀者，部分更是熱戀中的年輕情侶。

「需要我用香菜的名義爲你打氣？」

「妳給我安靜！我已開始掌握到竅門！」

「奸爸爹！奸爸爹！奸爸爹！奸爸爹！」

我很大聲地用日文誇張地爲皮蛋打氣。

「奸爸爹！奸爸爹！奸爸爹！奸爸爹！」

其他的圍觀者也跟隨我一起爲皮蛋打氣。

「奸爸爹！奸爸爹！奸爸爹！奸爸爹！」

不知道是皮蛋眞的掌握到竅門，或是我們的打氣奏效，他這次成功了！

在一片歡呼聲中，皮蛋由夾公仔機拿出束成一卷的肥牛抱枕給我，我迫不及待地解開抱枕，緊緊擁入懷內。

「我們，一緒，大合照！」

這句話，我不是對皮蛋說，而是對剛才一起爲他打氣的圍觀者說。

結果，我們拍了一張開開心心、甜甜蜜蜜的世紀大合照。

圍觀者的人潮散退後，皮蛋也準備離去。

「妳答應我，不要跟香菜絕交！」

「我答應你，不會跟香菜絕交！」

「這樣，我先走了！路上小心！」

「你不能走！你仍未幫我一個忙！」

「我已幫妳夾了這個肥牛抱枕……」

「所以，我答應你不會跟香菜絕交！」

「好！妳厲害！妳要我怎樣幫妳？」

我偷吻了皮蛋的臉龐。

他一臉錯愕地望著我。

「我喜歡你。」

他一臉驚訝地望著我。

「我想你做我的男朋友！」

對不起，我不是腐女！我只是一個多年來沒勇氣談戀愛的老處女。

今晚，在火鍋店，煙霧瀰漫時，我終於看見了眞愛！我看見了必須攻心計來掠奪的眞愛……

香菜篇

第二階段「東東王子愛作戰計畫」翌日，我提早於運動用品店現身，找皮蛋一起吃飯，他的午飯，我的早餐。

一路上，皮蛋看似忐忑不安，對我欲言又止。

「妳……昨晚順利嗎？」

「順利！Marty成功幫我和東東王子拉近了距離！」

「這樣……就太好了！」

「我跟Marty交換了聯絡方法，他已答應協助我們的第三階段『東東王子愛作戰計畫』！」

「我們？」

「我們，我和你，因為你我才會遇上東東王子呀！」

「所以我要負責任……」

我們由朗豪坊[8]行往廣東道，來到由中學時代開始幫襯，港產片經常在這裡取景拍攝的著名冰室[9]。

冰室仍然保留上世紀六十年代的懷舊裝潢，古雅的吊扇、比我們更年老的時鐘、泛黃的牆身和七彩馬賽克拼砌而成的特色磚牆，都充滿了熟悉的感覺。我們沿著木製樓梯行上閣樓，如常坐在角落的四人卡座。

我點了芫茜魚片皮蛋湯飯，皮蛋點了炸雞髀配波浪薯條，另配一杯紅豆、蓮子加花奶的鴛鴦冰。

「你今日不食你最愛的西多士？竟然自暴自棄食炸雞髀？」

「當你感到疲倦的時候，你需要一隻轟轟烈烈的炸雞髀。」

「昨晚發生了什麼事情，令你這樣疲倦呀？」

「噩夢……我昨晚作了一場噩夢……」

「昨晚你和豆腐一起，竟然是一場『噩夢』？」

「除了噩夢，我不知道怎樣形容……」

「豆腐今朝一早找我。」

「她跟妳說了什麼……奇怪的話？」

「你老老實實告訴我，昨夜發生了什麼事情？」

「什麼事情也沒有發生……」

「你送豆腐去巴士站，到底發生了什麼事情？」

「什麼事情也沒有發生！」

「怎會什麼事情也沒有發生？豆腐好興奮地告訴我，你已經是她男朋友了呀！」

「這個……是有一些事情……發生了……」

「她說你送了一份定情信物給她。」

「……」

「你們拖手[10]了？」

「……」

「接吻了？」

「……」

「你送了她回天水圍？」

「……」

「你直接上了她的家過夜？」

「沒有！絕對沒有！我半夜坐的士回來旺角！」

「你對豆腐一見鍾情？」

8 朗豪坊（Langham Place）：旺角知名地標，是由商場、酒店和辦公大樓組合而成的建築群。

9 冰室：香港一種特殊的餐廳類型，販售多樣美食與飲品。此處的冰室爲「中國冰室」。

10 拖手：即台灣的「牽手」。

「不！我不喜歡她！」

「你不喜歡豆腐？怎麼會變成她的男朋友？」

「我也不懂得如何解釋……」

「豆腐說你令她改變了對愛情的態度，打開了她的心扉，讓她看見了眞愛！喂！你究竟有什麼吸引她的地方？」

「相識了這麼多年，妳覺得我有什麼吸引人的地方？」

「你的膚色夠黑？」

「妳最喜歡的男明星也是像我這樣。」

「你有六塊腹肌？」

「妳知道我花了多少時間才操練出來？」

「我知道了！你是一個大笨蛋？」

「妳才是大笨蛋……」

「哎呀！好混亂呀！我們的關係突然變得好混亂呀！」

「我們？」

「我們，我、你和豆腐，因爲我你才會認識豆腐呀！」

「所以你要負責任。」

「妳想我如何負責任？」

「你要對豆腐好一點！」

「知道……」

「豆腐是我最好的朋友，你絕對不可以令她傷心！」

「知道……」

「你習慣了欺負我，我眞的擔心你不懂如何愛護她！」

「從小到大，都只有妳欺負我……」

「豆腐說你和她會衷心祝福我，一起組成『香菜應援團』爲我打氣！所以，我也會爲你們打氣的！」

「唉……」

「你已經有女朋友了！你應該開心的呀！幹嘛唉聲嘆氣？」

「我很開心……妳開心嗎？」

「我當然開心！我今朝早看過星座網站，這個星期，原來我們兩個星座都行運，行桃花運呀！」

「妳肯定不是桃花劫？」

「你今日怎麼怪怪的？」

「可能因爲昨晚作了一場噩夢……」

「你脫單了！別再向我炫耀了！既然今個星期都行桃花運，我一定要加把勁！」

「努力……奮鬥……加油……」

「你可以認眞一點嗎？」

「努力，奮鬥，加油。」

「你今日眞的很奇怪！」

香菜突然伸手摸摸我的額頭。

「沒有發燒呀！難道你太開心？還是你有什麼隱瞞著我？」

「沒有！我對妳沒有隱瞞……」

「不用緊張！我跟你開玩笑而已！我們從小便認識，就像豆腐所說的『臭味相投』，如果你眞的對我有隱瞞，即使我看不出來，也會嗅出來吧！」

皮蛋終於笑了，但笑容有點苦澀。

他今日眞的很奇怪……

看著我們成長的茶餐廳老闆，爲我奉上芫茜魚片皮蛋湯飯時，如常地多拿一個大碗給我們。

老闆很疼愛我們，加上是街坊生意，這一碗芫茜魚片皮蛋湯飯足料美味，有一整顆皮蛋。

我先將所有皮蛋都放在大碗內，然後分了一半美味湯飯給皮蛋。雖然我很討厭吃皮蛋，但這個湯飯如果沒有皮蛋，鯇魚片就會很腥，芫茜的味道也大打折扣，我習慣了和皮蛋分甘同味[11]。

吃著沒有皮蛋的半碗湯飯，當時我又怎會想到，這是我最後一次跟皮蛋一起品嚐屬於我們的湯飯……

我果然是一個幸福的人笨蛋！

11 分甘同味：香港俗語，指有好事或美食會一起分享。

馬蹄篇

打邊爐後的上午，皮蛋突然打電話給我。

「我……出了事！」

「需要借多少？」

「我不是要問你借錢，只是想聽聽你的意見……」

「感情煩惱？」

「是……」

「香菜？」

「連你也發現了？」

「我懷疑昨晚在火鍋店裡，只有香菜沒發現吧！」

「我現在和豆腐一起了……」

「嘩！實在太峰迴路轉了！」

「她說她喜歡我……」

「恭喜你！這是第一次有女生向你表白？」

「是……」

「但你仍然喜歡香菜？」

「豆腐說我要負責任……」

「昨晚她令你正式成爲男人？」

「不！她說我如果衷心祝福香菜，就要徹底忘記香菜！如果我要徹底忘記香菜，就要找一個女朋友！如果我要找一個女朋友，她就是最好的人選！」

「嘩！聽來很有道理，但其實蠻不講理，我的心理測驗果然很準確！」

「你覺得我應該和她在一起嗎？」

「你眞的願意放棄香菜，和她在一起嗎？」

「我不知道……」

「我也不知道。」

「她說要和我一起組成『香菜應援團』，好好爲香菜打氣！」

「你應該好好向她學習吧！她才是旺角區最優秀的售貨員！」

「她還跟我說，每次有準備結婚的情侶到她的珠寶店買戒指，她都會用念力詛咒這些現充……」

「現充？」

「這是網絡語言，代表不需要ＡＣＧ也可以在現實中過得充實的人。」

「在這個年代，誰沒有各式各樣的煩惱？誰可以在現實中過得充實？」

「她還跟我說，打算和我開一個聯名戶口，一起儲錢，然後移民台灣，因爲台灣的房價只有香港的十分之一……」

「我等會給你一個手機號碼。」

「什麼手機號碼？」

「CHINA！」

「CHINA？」

「City Hunter In Nathan Apartments，傳聞他表面上是一個賣瓷器的正當商人，非官方的中文譯名是『彌敦大廈的城市獵人』！」

「你爲什麼要將他的手機號碼給我？」

「只要你有需要，他可以輕易將豆腐幹掉！」

「我爲什麼要殺死豆腐!?」

「是『幹掉』，不是『殺掉』！如果你不想她再煩擾你，『CHINA』可以幫你解決任何問題！」

「你……你不要告訴我，你就是這個『CHINA』！」

「我當然不是『CHINA』！我只是其中一個可以直接聯絡到他的中間人，他經常找我訂購口罩。」

「他眞的在彌敦大廈……賣瓷器？」

「你眞的想找他幫你幹掉豆腐？」

「不！我會自己想辦法，我會自己想辦法的……」

皮蛋說會自己想辦法，但其實他根本沒有辦法！最後，他選擇的所謂辦法，只是一個不是辦法的辦法。

他竟然和豆腐手牽著手，就像一對幸福小情人般來到火鍋店，參與我和香菜的第三階段「東東王子愛作戰計畫」。

今晚的氣氛很詭異。

皮蛋和豆腐太刻意地營造幸福的假象，令我也有點吃不消！

打完邊爐，香菜向皮蛋打眼色，皮蛋先送豆腐回家，我再次爲香菜製造機會，讓她和阿東拉近距離，但這家火鍋店生意太好，阿東實在太忙碌，香菜仍只能跟阿東建立更進一步的友誼。

我陪同失落的香菜，一起離開熱鬧的火鍋店。

我們沿著登打士街，經過西洋菜南街，轉出繁忙的彌敦道。

「嘣！」

我們突然聽到疑似是槍聲的巨響。

「嘣！嘣！」

前行的路人突然掉頭，亡命似地向我們擁過來。

「嘣！嘣！嘣！」

遠處傳來一陣噁心的惡臭。

繁忙的彌敦道上突然煙霧瀰漫。

防暴警察再次在鬧市中施放催淚彈。

「救命啊！」

分不清是誰在尖叫時，一個催淚彈掉落在我們眼前。

我回頭看見香菜一臉驚恐，不知道從何而來的勇氣，我立即捉著她的手，一起逃命！狂奔！

我們一起穿過動蕩的彌敦道，越過彷徨無助的砵蘭街，來到忐忑不安的上海街。

「嘣！嘣！嘣！嘣！」

喘一口氣時，我們仍能聽到防暴警察施放催淚彈的恐怖聲音。

回復理智後，我看見香菜滿面通紅，彷彿眼泛淚光，立即鬆開她的手。

但她突然跟我十指緊扣，然後將高跟鞋踢掉。

「走！我們繼續走！」

赤腳的香菜緊握我的手，帶領我在她熟悉的街道上一起逃跑。

「怦通——怦通——」

四周突然變得死寂，聽不到任何聲音，只有我們急速的心跳聲。

「怦通——怦通——」

我們逃離上海街，直奔油麻地方向，來到果欄[12]附近的窩打老道。

香菜終於停下來了。這裡沒有恐怖的煙霧，我們應該暫時安全。

我們仍驚魂未定，險死還生地喘著大氣，恍如隔世地互相對望。

看著香菜突然熱淚盈眶，我忍不住張開雙手，緊緊擁抱著她。

香菜先是一臉錯愕，卻突然比我更主動，反客爲主地跟我擁吻！

就像羅密歐與朱麗葉劫後重生，一同流著幸福眼淚地激情擁吻。

對不起，我最好的朋友……

我本來打算親自向皮蛋道歉，但皮蛋突然消失，就連豆腐也音訊全無！

我找了「CHINA」幫手，調查結果在我的意料之內，但香菜和我都無法接受。

我們寧願選擇相信，皮蛋和豆腐情到濃時，連夜私奔到台灣，從此在桃花島上過著幸福快樂的生活。

過了一段時間，我和香菜再次來到這家火鍋店。

「咦？妳回來了！今晚只有兩位？還是芫茜皮蛋鍋？」阿東記得香菜。

「不！皮蛋芫茜鍋！不是芫茜皮蛋鍋！」香菜對阿東苦笑。

「嗯，多芫茜？少皮蛋？」阿東的笑容仍然燦爛。

「不！多皮蛋，少芫茜，加豆腐……」香菜一臉憂傷。

「我私人送一碟馬蹄給妳！」阿東語氣親切。

「多謝！」我代已說不出聲的香菜向阿東道謝。

我將點餐紙交給阿東，他笑容燦爛地轉身離開。

東東王子愛作戰計畫徹底失敗，卻又圓滿結束！

再見了！皮蛋！再見了！豆腐！再見了！在煙霧瀰漫中的回憶片段……

希望有一天，我們四個能再一起打邊爐，一起分享浪漫的芫茜皮蛋馬蹄豆腐鍋。

剎那間的愛情，在這家火鍋店開始。

錯綜複雜的關係，源於一鍋芫茜皮蛋湯。

愛，在煙霧瀰漫時。

〈第六鍋：愛在煙霧瀰漫時〉完

12 果欄：爲「油麻地果欄」的簡稱，原名是九龍水果批發市場，其磚石建築和裝潢深具戰前歷史色彩，也是重要的歷史古蹟。

鍋物介紹

皮蛋芫茜湯：不是任何人都可以接受的港式健康火鍋！

你討厭香菜嗎？

你會因爲食物中有香菜而崩潰嗎？

你曾經因爲朋友喜歡吃香菜而跟他/她絕交嗎？

據說這個世界有兩類人：喜歡吃香菜的人、討厭吃香菜的人。

據說討厭香菜跟基因有關，故此，有些人天生就討厭香菜，甚至是身體對香菜抗拒，這並不是偏食的壞習慣。

據說第三次世界大戰將會因爲香菜而發生，因爲有喜歡吃香菜的人曾經不負責任的說：「不懂香菜的人，憑什麼自以爲懂得美食？」

更搞笑的是，曾有人以爲「香菜」是否正代表「香港的菜」。然而，香港人慣常稱「香菜」爲「芫茜」，故事中的皮蛋芫茜鍋，的確是打邊爐的著名湯底之一，既是庶民美味，更被譽爲「健康火鍋」。

芫茜的正確名稱是「芫荽」，廣東話的「荽」字讀音是「衰」，不好意頭，所以廣東話改叫「芫茜」。皮蛋清熱消炎，芫茜驅寒解表，更有減肥的功效。某些火鍋店還會在湯底加入馬蹄、紅蘿蔔、粟米、豆腐等同樣可以降火的食材。

皮蛋芫茜湯也是一味家常菜，多數會和瘦肉或魚片一起煮，也有人會加入蕃茄，我在夏天就經常以皮蛋芫茜湯來泡飯，簡單、美味又有益的一餐。

雖然皮蛋芫茜湯是非常健康的火鍋湯底，但因爲都是普通材料，火鍋店難以賺取高昂利潤，加上很多人都討厭香菜，彷彿有不共戴天之仇，令這款美味又健康的火鍋湯底逐漸被打入冷宮。

〈副食〉

打邊爐特色食材

引言

花　膠：即魚肚，由大型海魚的魚膘煉製而成，外型是大塊的白色膠狀物體。

芫　茜：即台灣的「香菜」。

第一鍋　幸福的花膠雞湯

雞　翼：即「雞翅」。

雞　髀：即「雞腿」。

豉　油：即台灣的「醬油」。

乾炒牛河：是香港茶餐廳必備的料理之一。「河」為「河粉」。

五花趾：即「五花腱」，口感爽脆，彈牙有嚼勁。

匙　柄：在肋骨之下，大約是肩胛小排的位子，軟中帶脆，彈性十足。

匙　仁：肩胛里脊肉的內層部位，肉質嫩滑，口感柔軟。

脖仁：即潮汕牛肉火鍋的「雪花」，是牛脖子上最核心的部位，口感肥美軟嫩，充滿肉香。

吊龍：牛脊背上的一長條肉，口感軟嫩細膩，肉汁豐富。

肥胼：腹心帶油花處，軟滑易嚼，油而不膩。

胸口撈：即「牛胸口」，又叫「胸口朥」，顏色白中帶黃，口感脆脆的，帶有韌性。

第二鍋　獅子山下的一鍋春水

VSOP：法國干邑（Cognac）白蘭地的等級指標之一，爲「Very superior old pale」的縮寫。

豬手骨：即台灣的「豬腳」。

西施骨：即台灣的「肩胛骨」。

枝竹：腐竹的一種，口感最滑。

豆卜：即台灣的「油豆腐」。

炸響鈴：炸得酥脆的豆皮，因咬下時發出的聲音而得名。

第三鍋　麻辣俠侶大戰三百回合

西米撈：由西米露改良而成的香港糖水，通常會加上水果（尤其是芒果）一同食用。

油渣麵：又稱豬油渣麵，是一種香港平民麵食，由搾油後剩的肥豬肉塊水煮後油炸，加上麵條（通常選用較粗的油麵或上海麵）和配料而成。

牛柏葉：又稱「牛百頁」，是牛的瓣胃。

豬　紅：即台灣的「豬血」。

獅子狗魚蛋：也簡稱爲「獅子狗」，即台灣的「竹輪」。因卡通《忍者小靈精》（台譯：《忍者哈特利》）角色獅子狗愛吃這樣食物而得名。

午餐肉（Spam）：一種加工過的的罐頭肉類。

倫教糕：又稱倫滘糕、白糖糕，蛋煎倫教糕既可作爲甜品，也可作爲主食。

魚片角：一種三角形的魚漿製品。

田雞扣：田雞的胃部。

車仔麵：一種香港麵食，因過去由改裝後的木頭餐車四處擺攤經營而得名，可自由選擇麵條、湯底和配料。

煎釀三寶：香港傳統小吃，把鯪魚漿填進切件（片）的茄子、青椒和油豆腐後煎熟所製。

第四鍋　那年夏天，回憶中的味道……

夜香花：即「夜來香」，又稱月見草。

士多啤梨：即「草莓」，是strawberry的音譯。

第六鍋　愛在煙霧瀰漫時

下　火：香港慣稱皮蛋瘦肉粥爲「下火」，因爲其有清熱功效。

馬　蹄：即台灣的「荸薺」。

花　奶：爲「三花牌淡奶」的簡稱，淡奶則等於台灣的「奶水」（Evaporated milk），常用於甜點與飲品沖調。

〈副食〉

附錄

附錄一
香港打邊爐和台灣火鍋的差異

香港人和台灣人的共通點，除了都嚮往自由，同時也非常喜歡打邊爐／吃火鍋。然而，無論是火鍋的食材搭配、消費模式、意識型態，甚至是價值觀，都可算是南轅北轍。

香港的打邊爐文化，可以嘗試用簡單的九個字歸納，分別是三句廣東話：「慢慢嘆」、「食住等」和「趙完鬆」。

打邊爐在香港人眼中是一種家族或友好的聚餐，故此，現時仍有不少香港人未能接受午餐打邊爐，也不能接受一人打邊爐，更不能接受限時打邊爐。

大部分香港人都習慣在晚上才打邊爐，而且是一班人打邊爐，某些火鍋店更是不設午市，從傍晚開始營業。「慢慢嘆」的「嘆」不是「嘆息」，反而是「嘆世界」，代表「享受」的意思。香港人一頓打邊爐可以最少三、四小時，隨時由晚餐食到宵夜，因爲香港的交通便利，即使在夜半三更也有方法平安回家，故此，香港人喜歡在打邊爐時一邊吃，一邊聊，一邊飲，甚至一邊猜拳。香港很多火鍋店都有「啤酒妹」推銷啤酒，她們往往充當火鍋店的暫時店員，因爲香港人在火鍋店所消費的啤酒，隨時比在酒吧更多。

台灣流行的一人一鍋，客人點選的肉類和菜盤一起奉上，或是將已經煮好的一鍋送到客人面前，也有別於香港人對於打邊爐的傳統概念。很多香港人會問：「這麼匆忙且單調的打邊爐，跟我們去茶餐廳有何分別？」香港人打邊爐不是吃快餐，反而是一種慢活享受。即使不少連鎖快餐店都有供應一人火鍋，卻只會在晚市販售；而且，客人只當是吃煲仔菜套餐，或是在快餐店內獨自煮一鍋雜錦泡麵。香港人打邊爐的重點，是可以隨心所欲選擇不同的湯底和食物，每次打邊爐都可以有不同的變化。

更重要的是，香港人打邊爐，不用齊人也可以開餐，因爲很多香港人都需要加班，或是在放工時間遇上塞車，即使約了家人或友好晚飯，未必可以準時出席。如果是吃粵菜或其他菜式，遲到會非常尷尬，但打邊爐可以隨時加入，「食住等」的意思，是一邊吃，一邊等遲到的人，如果巧妙地點選食物，可以爲一次簡單的飯聚帶來不同的可能性。

「趙完鬆」的正寫是「嚼完鬆」，意思是吃完就離開。據說台灣人吃完火鍋會連湯底也打包帶走，這樣在香港是絕對不可能發生的！即使點了太多食物或飲料，也不會帶回家，亦不會寄存在店內。

香港的茶餐廳文化，代表了兼容並蓄、打破常規、不斷創新的香港精神。香港的打邊爐文化，卻代表了香港人與時間競賽同時的另類生活態度。

附錄二
香港打邊爐特色食物：手打四寶丸和新鮮餃子

香港打邊爐的重點，在於一個「鮮」字。

湯底當然要新鮮，食物和配料更要新鮮！

香港打邊爐特色配料，首選手打四寶丸，分別是牛肉丸、鯪魚丸、鮮蝦丸和墨魚丸，這也是測試一家港式火鍋店是否足夠專業的基本條件，對於食物有要求的老饕，絕不會滿足於冷藏丸，只會選擇沒有防腐劑的新鮮手打丸。

手打丸的必備條件：爽、滑、彈，重點除了新鮮，更重要是一個「打」字。

如果大家看過周星馳的電影《食神》，應該不會忘記由莫文蔚犧牲色相飾演的火雞姊，她以雙刀劈打出彈性極佳的「爆漿瀨尿牛丸」，過程令人捧腹大笑的同時，也記錄了美食的眞諦。

傳統的手打潮汕牛肉丸，必須使用新鮮牛肉，以獨家棍法打製而成，故此每粒牛丸都爽口彈牙，充滿豐富且香味的肉汁。

港式手打丸的「打」，卻有別於潮汕牛肉丸的「打」，因爲港式手打丸都會加入麵粉，老師傅的黃金比例是六比四，即六份肉（牛肉、鯪魚肉、鮮蝦肉或墨魚肉）比四份麵粉，麵粉太少會鬆散，肉太少沒有鮮味。

肉加入了適量的調味品後，和麵粉混合時，必須順時針攪拌，反方向的話，肉質就會不黏變散。老師傅的「打」，又名「撻膠」，不是用棍，而是用手。肉團攪至起膠後，就大力將肉摔打二、三十下，務求摔出肉團裡多餘的空氣，絕對是辛苦勞動，但這正是手打丸的成敗關鍵！

香港美食匯聚和反映出不同文化，手打四寶丸也包含了廣東地區粵菜的精髓。牛肉丸是源自潮州和汕頭，鯪魚丸則是傳承了順德名菜煎釀鯪魚。順德古稱鳳城，多年來流傳「食在廣州，廚出鳳城」，手打鯪魚丸可算是將順德發揚光大。鮮蝦丸和墨魚丸就是由香港的飲食文化所衍生，香港被譽爲「美食天堂」，一向以海鮮聞名，某些老店別樹一幟，會在墨魚丸裡再加入墨魚粒或墨魚鬚，令口感更豐富。另外，近年不少火鍋店的四寶丸，因爲成本或其他考慮，會選擇以豬肉丸來代替牛肉丸或墨魚丸。

除了新鮮手打丸，港式打邊爐的重要配料，還有火鍋店自家製的新鮮餃子。最常見的是鮮蝦雲吞和韭菜餃，西洋菜[1]餃就要看時節，因爲西洋菜最好的季節在每年的十一月和十二月，天氣愈冷，菜愈甜美。魚皮餃是另一特色餃子，內餡同樣是以豬肉爲主，餃子皮卻是將鯪魚肉與上等麵粉搓勻而成，故此以「魚皮」命名。一般火鍋店難以自家製作，多數會向供應商訂貨，雖然未必夠新鮮，卻是大家不可錯過的港式打邊爐特色配料。

附錄三
解構港式打邊爐，如何分辨「鍋」和「煲」？

好多朋友問我，港式打邊爐的「煲」和「鍋」，究竟有何分別？

簡單的分野，「煲」是已準備好食物，「鍋」是以清水或湯來涮食物。

我嘗試舉我喜歡的「羊腩煲」和「牛肉鍋」爲例子，詳細爲大家解釋。

如果大家曾經光顧港式茶餐廳，對於煲仔菜應該不會陌生。傳統上，除了盛載於砂煲，上枱後仍會以明火保溫，就像一個「煲」字。最受歡迎的煲仔菜，除了羊腩煲，還有辣雞煲、薑葱蠔煲、南乳[2]豬手煲和魚香茄子煲等，主要是用來伴白飯。

同樣是羊腩煲，很多食店都會標榜「古法羊腩煲」，當中的「古法」，簡單是以冬筍、冬菇和枝竹一起燜羊腩，但眞正的煮法很巧功夫，嚴選幼黑草羊的腩髀位置，先用薑汁乾煸羊腩去羶味，汆水後切塊，再以竹蔗、馬蹄、冬菇、柱侯醬[3]、南乳、

1 西洋菜：即台灣的水蕹菜、空心菜。

2 南乳：又名「紅腐乳」，是廣東地區的一種豆腐乳。

玫瑰露、花雕、檸檬葉、香葉、八角、老薑等燜最少兩小時。重點是「羊腩燜得好，湯汁調得準」。

羊腩煲帶爐上枱，另跟一份生菜。有別於一般的煲仔菜，羊腩煲的這份生菜，足以畫龍點睛，充分體驗民間智慧，既不浪費食物，更可以讓食客分階段享受。先食羊腩和配料，然後以煲裡的羊腩汁涮生菜，生菜吸收了湯汁的精華，更香更美味。用羊腩煲打邊爐的配料，我會推薦豬粉腸、牛肚、冬菇等食物，但不宜配肥牛，兩種肉類的味道會互搶，而我最愛的是魚片，可以拼出一個「鮮」字。

吃羊腩煲，必須配腐乳，但不是一般的腐乳，而是加入了糖、酒和菜油的特製腐乳，鹹味較輕，香味卻較濃，撒上少許檸檬葉，跟微羶的羊肉特別匹配，大家還可以按口味混少量辣椒醬，配辣椒絲，讓味蕾感受不同的衝擊。

香港人打邊爐，少不了油花布滿的肥牛。常見的兩類肥牛，分別是「安格斯肥牛」和「本地手切肥牛」。前者主要來自美國和澳洲，解凍後以機器切割，厚薄一致；後者卻是來自大陸，因爲香港政府不鼓勵畜牧業，活牛都是由大陸供應，故此，所謂「本地手切肥牛」，都是在香港屠宰的大陸活牛，用「本地手」切割的肥牛，師傅的刀功是重點，往往可以化腐朽爲神奇。

同樣是牛肉，不同的部位，就有不同的味道和質感。香港以牛肉爲賣點的傳統火鍋老店，能讓食客品嚐到以下手切牛肉——抓邊，是肋骨附近的肌肉，肉與肉之間有筋位和油花，肉味香濃，入口肥美；頸脊，在牛頸至牛膊之間的位置，是牛隻活動最多的部位，因此脂肪較少，既有肉味，又有嚼勁；封門柳，每隻牛只有一條的橫隔膜外肌肉，較爲罕有，堪稱全隻牛裡肉味最香濃的部位，雖肉紋較粗，口感卻很嫩滑；挽手腩，不是一般的牛腩，而是位於牛的肚皮（爽腩）和橫膈膜（崩沙腩）中間的腩肉，同時帶有筋膜和軟膏，特色是「一層脂肪一層肉」，肉味甘香，每一片的口感都有變化；牛胸爽，又名牛胸油或牛白肉，看似肥膏脂肪，其實是牛胸腔肋骨中間軟骨部位的筋膜類肌肉，非常爽口。另外還有牛心椗[4]、牛脷扣[5]、金錢腱、牛柏葉……牛肉火鍋，其實是一門高深學問。

牛肉火鍋的湯底，除了清湯和沙嗲湯，某些老店會用牛雜煮出濃湯，我最愛的那間店甚至會加入牛骨一起熬煮，成爲鎮店之寶「牛骨鍋」，用來涮手切肥牛，充滿濃郁到爆炸的牛味！然而，如果食材新鮮，一鍋清水已足以讓牛肉昇華，這也是牛肉火鍋的眞諦。

3 柱侯醬：一種常見於廣東的醬料，常用來搭配肉類烹調食用。

4 牛心椗：即牛心臟的大動脈血管。

5 牛脷扣：即牛舌根，是牛舌深入口腔的一段肌肉。

〈後記〉

每個香港人心中都有一座師子山！

後記

每個香港人心中都有一座獅子山！

打邊爐，香港人的生活態度！

《打邊爐》，記載了此時此刻香港人日常生活！

作為可以「一日五餐打邊爐」的「火鍋男」，《打邊爐》絕對是我創作生涯中最重要的一個故事系列！

我將「打邊爐」系列定性為「飲食文學」，借用打邊爐（火鍋）和相關食物，書寫記憶中的不同味道、生活中的情感交流、個人飲食經驗和審美標準、各種食物和飲食文化的起源和演變、動蕩大時代下小人物的價值觀等等。然而，最重要的一點，這是屬於香港人的故事。我們的故事。

《打邊爐》的舞台，這一間位於旺角鬧市的特色火鍋店，其實是以我家中長輩開設的火鍋店為藍本，當中不少角色都是真有其人，例如經理Lily和店員阿東，老闆（即是我的長輩）和「豬八戒」（某位炒賣物業致富的熟客）則加強了戲劇效果，火鍋店的部分食客，名字是借用了我的網台節目聽眾，包括「西門王子」，部份情節更是取材自眞人眞事，「在菲律賓買一個小島做島主」，正是我一名學生的心願。我希望創作出屬於香港人的故事。我們的故事。

一直以來，香港人的身分認同是我非常關注的命題。早在二〇〇二年的都市愛情小品《愛，有一點藍》，女主角之一「阿香」的英文名是「Asuka」，她的家人叫她的中文名，但她的追求者卻叫她的英文名，故此出現了連串美麗的誤會；靈異驚悚的《末世驚魂錄》，兩名主角葉武和白逸，分別擁有「人類」和「黑/白無常」的雙重身分。

然而，《打邊爐》的主題，不只是身分認同，隨著時局變遷，已經是一場又一場獅子山下的「身分危機」。

整個《打邊爐》系列，除了探究香港人的身分危機，我也嘗試討論另一個更重要的命題——獅子山精神。

李安說：「每個男人心中都有一座斷背山」，我卻說：「每個香港人心中都有一座獅子山」。

獅子山精神早已過時，或歷久常新？獅子山精神只有一種解讀，或充滿無限可能？獅子山精神只是空洞乏力的文宣口號？或是連接幾代香港人的信仰圖騰？獅子山精神必須迴腸盪氣可歌可泣？難道不能像跟親友一起打邊爐般溫馨動人、暖意窩心？

《打邊爐》的台灣新版，精選了港版三卷小說的六個短篇，這六個獅子山下的有趣故事，分別環繞六款香港特色火鍋湯底——花膠雞湯、豬骨煲、冬瓜盅火鍋、港式麻辣火鍋、皮蛋芫茜湯和極品肥鵝鍋，當中包含了不只六款「獅子山精神」。除卻修改和潤飾了港版中不完美的地方，也補充了有關香港文化和飲食知識的註解，我亦趁機會改寫了部分篇幅，讓劇情更豐富的同時，不只爲這個系列往後的跨媒體發展留下更多伏筆，舊讀者還會發現新驚喜。

感謝在籌備和製作過程中，每一位提出意見，並且伸出援手的好友和陌生人！

感謝蓋亞文化的專業團隊，感謝每一位推薦人，感謝繪製封面的Hsinyi Fu老師！

最後，也是最重要的，感謝以實際行動支持和購買《打邊爐》的您！

何故

二〇二〇年十一月初

國家圖書館出版品預行編目資料

打邊爐／ 何故 著.
——初版.——台北市：蓋亞文化，2021.01
面；公分.

ISBN 978-986-319-523-8（平裝）

857.63 109019781

故事集 021

打邊爐

作　　者　何故
封面插畫　Hsinyi Fu
裝幀設計　莊謹銘
責任編輯　盧韻亘
主　　編　黃致雲
總 編 輯　沈育如
發 行 人　陳常智
出 版 社　蓋亞文化有限公司
地址：台北市103承德路二段75巷35號1樓
電話：02-2558-5438　傳眞：02-2558-5439
電子信箱：gaea@gaeabooks.com.tw
投稿信箱：editor@gaeabooks.com.tw
郵撥帳號 19769541　戶名：蓋亞文化有限公司
法律顧問　宇達經貿法律事務所
總 經 銷　聯合發行股份有限公司
地址：新北市新店區寶橋路二三五巷六弄六號二樓
電話：02-2917-8022　傳眞：02-2915-6275
港澳地區　一代匯集
地址：九龍旺角塘尾道64號龍駒企業大廈10樓B&D室
電話：+852-2783-8102　傳眞：+852-2396-0050
初版二刷　2022年9月
定　　價　新台幣 260元
Published and printed in Taiwan

ISBN 978-986-319-523-8

Gaea

GAEA

GAEA

Gaea